二十几岁的时候一点糟糕

和他们不一样

见过盛世繁花和醉生梦死

你选择成为自己喜欢的样子

且不会一直这样

——半杯暖 著

文匯出版社

图书在版编目（CIP）数据

我二十几岁的时候有点糟糕，但不会一直这样 / 半杯暖著 . -- 上海：文汇出版社，2017.9
ISBN 978-7-5496-2158-3

Ⅰ.①我… Ⅱ.①半… Ⅲ.①随笔－作品集－中国－当代 Ⅳ.①I267.1

中国版本图书馆 CIP 数据核字（2017）第 131097 号

我二十几岁的时候有点糟糕，但不会一直这样

出 版 人 / 桂国强
作　　者 / 半杯暖
责任编辑 / 乐渭琦
封面装帧 / Shin

出版发行 / 文汇出版社
　　　　　上海市威海路 755 号
　　　　　（邮政编码 200041）
经　　销 / 全国新华书店
印刷装订 / 三河市京兰印务有限公司
版　　次 / 2017 年 9 月第 1 版
印　　次 / 2017 年 9 月第 1 次印刷
开　　本 / 787×1092　1/32
字　　数 / 161 千字
印　　张 / 10

ISBN 978-7-5496-2158-3
定　　价：39.80 元

我期待未来某日，
再见你时，
你安静地坐在远处，
对俗世置若罔闻，
和喜欢的一切在一起。

离开北京后的很长一段时间，
不再写字，很多文字写于从前。
那些散漫、孤寂、清冷的文字
并未因着出版需求而被修正许多。
此页之后，一切，都是新生。
愿你和我一样，逐渐欢喜。

Contents

目录

001 **序 告别**

008 **推荐序** / 孙业钦

011 **半暖**

生活使你短暂地和他们一样,
但你明白自己终究是要去另一个地方度化自己。

039 **以爱之名**

人怎样才能戒掉对情感的过分幻想,
而又对其深信不疑?

111 **年轻的忧伤**

我开始害怕
你等不起我所能给予的有生之年,
和这生命不能承受之轻。

133 　漂泊

在不是自己的出租房里，

挨过很多暗无天日的日子。

187 　我执

我们都是那种悲观的乐观主义者，

容易相信一切，也容易对一切质疑。

241 　二十几岁

这是我的二十几岁，

没有成为父母或朋友期待的样子。

293 　后记

297 　致半暖

303 　随感

告别

与文字结缘越久,越对自己的文字感到不自信,尝试着去看过往的足迹,试图将这些碎片美化成一个个故事,却总是半途而废。可能是心境变了,所以才写不出那些小情绪。那是一种略带悲伤的感觉,当年的爱恨情仇全都遗失了,对正在发生的一切也不再敏锐。唯独这些无病呻吟的文字碎片证明过去存在过。

为他人做嫁衣裳许久,而今想为自己做一件,原本想精心炮制,因着才疏学浅,只能朴素而原始地呈现它。不知不觉从事出版行业已两年有余,多数时间都在为他人量体裁衣,却从未为自己思量过。可能是缘分到了,那由浓渐淡的我逐渐退却,莫名地,想和过去做一个告别,或是爱情或是梦想或是生活本身。

人成长到一定阶段,会羞于谈论"梦想",会觉得所有一切不过是寻常日子里的小小星辰。于他人而言无足轻重，于自己却意义重大。

也曾有过许多梦想：想周游世界，想成为山本耀司，想谈一场轰轰烈烈的恋爱，而唯一得以延续下来的只有文字和草木心，其他的都下落不明。

仔细想来，这一切似乎都是宿命的安排。曾以为自己会一直沿着这个宿命按部就班地走下去，可是近日体内的很多意识像是突然觉醒。也许未来某日，自己会独辟蹊径地走上另外一条路，至于会发生什么并不知晓，只是想离开熟悉的领域去做一些美好而无意义的事。譬如，去远方租一方院子，种植四季；或者在染坊里，捕捞剩下的光阴。所谓一念起，半生流离，大抵如此。

很庆幸自己从事的亦是自己喜欢的，我无法想象因着谋生去做一件事的枯燥乏味，那需要多大的勇气才能持之以恒地做下去。也曾幻想会一直在这个行业相爱相杀下去，然而，我离群索居的性格与热闹的人群总显得格格不入。那是一种无法修改的孤独，你不能使自己融于乌合之众，且也不能放弃成为自己。所以，对于喜欢的这件事，我逐渐丧失信心。

与热爱的事接触越近，越发觉察到文学背后的喧嚣和名利心，虽然理解这一切行为背后的成因，却无法使自己成为同类，且不知道该如何保护自己对文字的原始热忱。是的,我不能对自己不热爱的事,假装热爱。多年来置身事外的性格,并不想与这个世界产生太多联系,对其也无太多要求,所以亦不希望世界对自己有太多要求。唯愿野蛮生长,一生欢喜,不被归类。

不谙世事的童年里藏过很多梦想,有些天真有些世故。有时会想要隐居山林,闲云野鹤一生;有时会想要策划很多很多畅销书,成为不可一世的编辑。然而,此刻却只想做个体面的普通人,不为身外之物奴役,永远天真,永远热泪盈眶。毕业几年过去,我这些或天真或世故的梦想,并未一一实现,说不上失落但也不算圆满。渐渐地,也不再提起。

或许,最初我们每一个人都是有梦想的,然而随着生活的碾压,很多人失去了梦想。我们会逐渐意识到自己的平凡普通,意识到自己的无能为力,各自背负着自己的责任与包袱,踽踽独行,背负得久了,便没了伸手去够梦想的勇气。

你问我,什么是梦想?我说它很难定义。

有些人的梦想是,有很多钱;有些人的,是变漂亮;有些人的,是有一套自己的大house,也有些人的,是得一人白首不分离。无论哪一种,都值得被尊敬,无阶层门第之分。

世界总会忽略，有那么一群本没有什么梦想，也不曾想什么叫梦想的群体。他们只是默默工作，慢慢生活，时间长了，就有那么一群人说那就是他们的梦想。

也许有些人穷其一生想要实现的梦想，对某些人来说不费吹灰之力。然而，这并不妨碍梦想本身存在的意义。不是只有成功了的梦想才叫梦想，也不是只有成功人士的梦想才叫梦想。但凡生而为人，都可以拥有自己的小小欢喜，把自己的欢喜做好了也是一种了不起。

小时候，拥有很多梦想，以为长大后能轻而易举地实现它，然而这世界并没有如愿以偿的人生。尽管如此，还是会对自己有所期待。不管怎样，我期待未来某日，再见你时，你安静地坐在远处，对俗世置若罔闻，和喜欢的一切在一起。

我不是一个对生活有野心的人，习惯了顺势而为，对名利没有多少欲求，对物质也没多少渴望，总觉得差不多就好。如果非要给自己找出一个奢侈点的癖好，无外乎是不受困于生活，烟火里欢喜，世俗里天真。当然，这并非是在标榜自己多么阳春白雪、曲高和寡。既生于尘埃，何以免俗，不过是不想在众生相里过分难堪，委屈了自己。

毕业后，一头扎进生活的感觉糟糕透了，二十几岁的生活和自己想象的完全不一样。脱离了父母的庇护，凡事亲力亲为的日子不那么好过。会为下个月的房租发愁，会为职场的人际关系感到困惑，会在白日里谈笑风生，却在夜晚蒙进被子里号啕大哭。那是生活真实的模样，生猛得让你不知所措，却又推脱不了。

是的，我的二十几岁有点儿糟糕：

会为了一段不知所踪的感情，夜不能寐；

会为了一些无关紧要的人，辗转反侧；

甚至会为了生活，去做自己不那么喜欢的事。

我脆弱、敏感，却又喜欢逞强；

我想要爱情，想要梦想，还想要享受生活。

我焦虑。迷失。急切，却又渴望得到正确的指引。

然而，即便如此，还是会对生活充满憧憬，甚至对未来有一种盲目的相信，盲目地相信自己会好；相信自己的二十几岁，不会一直这样！

书里的文字零零星星写了两年，源于某年盛夏的一场分离，写于北京。当决定把它交出去的时候，内心充满不舍，即便它粗糙简陋。我试图用此刻稍微成熟的视角去修正那时带着一身我执的文字，尝试几次，便决定放弃。二十几岁，谁不是带着一身我执与世界抗衡，哪有什么绝对正确的人生观。所以，我接受了那时的自己，连同那时为赋新词强说愁的文字。它们是我二十几岁的模样,不堪一击却又假装无坚不摧。

　　我的二十几岁如此这般,走过很多弯路,迫不及待地想要很多,但一切都在慢慢变好。

　　好了,告别了,我的二十几岁。

　　愿你此后的人生花枝满树。

推荐序

初识陈暖，是在两年前，那时她还是磨铁的编辑，见她文字有灵气，便煽动她出书，然而她对此并不以为然，率性地拒绝了我。很多人见我是领导都毕恭毕敬，但她不，她会忤逆我的想法，对我提出的部分要求说不。倔强起来和她的柔软的外表完全不符。所以对于她的拒绝也并不意外。后来，她离开北京，很久不再写字。中间陆陆续续有人找她出书，她都拒绝了。她觉得自己的文字浅薄，不足以出版示人。去年秋天在上海见了一面，吃饭时提到希望她把作品交出来出版，她回去考虑了很久，直至我承诺尊重她内心的一切原始想法时，她方才放心地交了出来。因为像她这种慢热的、有自己性格的作者必须让她感到被信任；而且我也相信只有互相信任才会有更好的未来。最好的我们，最后才相遇。

孙业钦

Past

每个人都会经历一种难过和疼，
让此后的难过和疼变得举重若轻。

Now

我一直以为自己了解爱,了解梦想,
了解生活,但其实一无所知。
如果一个人她完全了解这些,
那么她不会过分地将自己置于高处;
对周围的一切置若罔闻。

Future

你和她们不一样,你见过盛世繁华,
或者醉生梦死,但你选择成为自己喜欢的样子。
或者说,生活使你短暂地和她们一样,
但是你明白自己终究是要去另一个地方度化自己。

半暖

每个人都会经历一种难过和疼,让此后的难过和疼变得举重若轻。

2012年的7月,给自己取了个名字——暖。

不知道自己为什么要取这么一个字,可能是心之所向。

人在现实世界里匮乏的,在虚拟世界里会渴望得到。

距离那段日子已经很远,远到我有点忘记那年春夏发生了什么。

后来还是有人会问名字的来历,我总也蜻蜓点水似的随便用典,并未说出真相。

每个人都会经历一种难过和疼,让此后的难过和疼变得举重若轻。

那段经历于我而言,便是如此。

人一旦遭遇措手不及的意外,总会问责自己,觉得是自己的不懂事造就了不好的果。这样的内疚和亏欠感,如影随形伴随了自己多年。直至第四年夏天,我终于得以逃脱那宿命似的心性桎梏,缓慢地成为自己。

华丽的袍子,谁爱谁穿了去。我只想向心而活。而其实"向心而活"并不容易做到。有时是客观条件所限,有时是自己不能始终如一。

我大抵是那种做什么事都不太考虑后果的人,习惯了尽人事知天命,也习惯了命里无时的莫强求。所以对待想做的事和不想做的事,态度总是泾渭分明。

2016年7月,做了很多之前想做却一直没有立即去做的事。

去医院,拔牙。
疏离,一些琐碎。
买单反,学习摄影。
上花艺课,研习日式花艺。
参加集体活动,即便对方是陌生人。

与他人没有太多羁绊。

轻或重,随它。

得或失,随它。

当我习惯了这些,便对自己多了些许宽容。

双生花

你和她们不一样，你见过盛世繁华，
或者醉生梦死，但你选择成为自己喜欢的样子。

和对的人聊天，像是遇见另一半自己。

不知该如何记录这种开心，指间飞跃的是一种灵动的欢喜。

这几年，幻想过很多生活场景，但从未想过要和另一个人分享。

习惯了走走停停，也习惯了未来里没有另一个人，并不知道一起分享的美妙意义。

今日朋友提起，恍然明白生活的另一种可能：不止诗和远方，还有星辰大海。

在路上，遇见的人越多，愈发觉得时间太少，要做的事太多。那因一些事而对人生感到乏味的自己在一个人生活后逐渐开悟：我们都要好好的，去爱，或恨。

庆幸那些停滞的空白时光和走过的弯路，使自己逐渐成为人格完善的人。故事在那些抑扬顿挫的人生里跌宕起伏。宠与被宠不再是束缚自己的唯一砝码。

一路走来，到底是幸运的。即便那不美好的瞬间一度使自己想要放弃。

而自己明白，即便此刻因为种种而囿于此处，但终究是会离开的，以自己喜欢的方式。去和一个人浪迹天涯，逃离格子间；抑或在岁月静好的日子，种植人间欢喜；又或者在江南水乡的一隅，和他人醉生梦死一场。

我想象得到你布衣裙钗的静默模样，可能算不得好看，但柔和的轮廓也一定使你无与伦比。

可能是一间破旧的院落，经你妙手改造，成为闹市里的风景。那是小时候爸爸妈妈给你的城堡，长大后你自己给得起自己。

白日里你是花的主人、文字的灵修者、某人的质朴伴侣。

夜晚你是星辰大海的苍海一粟，发着微弱的光，但幸福、快乐。

也曾试图追逐很多东西，但最令人开心的并非宏观而易得或难得的物质，它们给人便捷，但并不一定给人带去快乐。

你和她们不一样，你见过盛世繁华，或者醉生梦死，但你选择成为自己喜欢的样子。或者说，生活使你短暂地和她们一样，但是你明白自己终究是要去另一个地方度化自己。

想到你有朝一日会偏离正常的轨道去做喜欢的事，就忍不住替你开心。

那些浅薄的言论可能曾经使你觉得为难，而此刻它们已经不对你构成任何影响。

他人的偏见和自己的我执，让它寡淡。

去逃离格子间的另外一种生活。

漫无目的地走走停停，片隅里记下沿途所遇见的一路美好。

你放下我执，成为一个真实可爱的人。

下雨天，像孩子一样穿上糖果色的雨靴，踩在水花里，等一次裙角飞扬。

不开心时，卸下保护色，流泪，或者号啕大哭，肆无忌惮。

你还原了自己身上与生俱来的孩子属性，不再试图让自己看起来无坚不摧。

你容易迷糊、坐错车，甚至记不清生理期的特质，因被爱而被珍视。

你从尘埃里开出一朵两生花，可岁月静好，也可颠沛流离。

渡

时间往前走,岁月一身袈裟,终究没能把爱度化。

初来北京这座城时,只有一个行李箱,走到哪里都不会觉得负重。没有多少要舍弃的也没有多少要带走的。一切都简单至极。后来,在这座城生活久了,添置的东西越发多了起来,一个行李箱再也容纳不下。

收拾房间时,扔掉许多旧物,其中有些带着记忆的物件,怎么也舍不得扔:小时候喜欢过的布偶娃娃,生日时EX送过的好看鲜花,记忆里新鲜但现实里褪了色的薄荷红绳。一件一件,如同旧情人般斑驳了素年锦时。我尝试着扔掉它们,将其放置在废物袋里,如同弃婴。

一个人站在阳台,想象自己某日离开的场景,会不会有人跟我一样有舍不得的复杂心情。到底是不成熟,不能很好地安放自己的欲望饕餮,也不能很好地将情绪置身事外,所以才有那么多冗余产生。

时间往前走,岁月一身袈裟,终究没能把爱度化。

把自己扔进人群,置身喧嚣,看人来人往,听人声鼎沸。

听了很多别人的故事，再也说不动自己的。等哪日暮色霭霭，如若遇见你，请试着让我忆起，忆起那一段又一段或美好或凉薄的故事。我想象着你看我说故事的侧影，听完会是怎样的表情。是不是像很多人一样听完似懂非懂，还是你读到了别人读不懂的那个"我"。

人越大，越喜欢表演快乐，把悲伤都掩埋心底。我们看见的朋友圈、听到的故事、描摹的心情，都像镀了一层又一层的光，看起来永远美好如斯。

六月的北京，天空美丽得诡异。我仰望着它，想起小时候看过的云朵、吃过的糖果，和玩过的布娃娃。在童年的记忆里，邻家哥哥时常陪自己过家家，他给我戴上过草戒指，如今他已为人父，而自己还在路漫漫其修远兮地探索前程。

时光越往深处走，会越发怀念未曾见过光怪陆离的你。怀念那年盛夏穿着碎花裙在荷塘边捉鱼虾的你，怀念光着小脚丫踩在水里打水仗的你，怀念赤手空拳敢待一人好的你。这样的你，对一切怀有敬畏之心——善待所有，做而不求。

开始一些事情总是容易，但遗忘却总是很长。

用尽力气去告别,给自己盛夏光年的暖。

封了豆瓣相册。

精简了朋友圈。

删了很多老照片。

一切,都将是新的。

外面的世界

我坐在台阶,周围全是陌生,有发宣传单的少年,沿街卖艺的吉他手。一眼望去,全是人生。

天亮了,那一宿的心思在黎明破晓时灰飞烟灭。起床,洗漱,去医院,开始平凡的一天。当智齿从口腔里拔出时,整个人疼出快感。似乎拔出的不是智齿,而是这几年一个人的酸甜苦辣。这大抵便是彻底的告别,连身体里的回忆也一一扫除。

屋子里很多物品,不知如何处置,便用箱子打包放置在地下通道,试图假借他人之手安葬一段过往,兴许有人需要它们,也兴许有人终结它们。不管怎样,舍了就好。

从天桥上往下看,车水马龙,人显得渺小。脑海里闪现过挤早高峰上班的拥挤人群和披星戴月回家的匆匆归人,觉着生活不易。

我坐在台阶,周围全是陌生,有发宣传单的少年,有摆摊吃喝的小贩和沿街卖艺的吉他手。一眼望去,全是人生。

朋友圈里的爱情,和朋友诉说的爱情,看上去听起来都妙不可言。轮到自己,便溃不成军。生活凶猛起来容不得过分思虑,我推搡着自己踽踽独行。

打电话给家人，翻来覆去不过几句话，却舍不得挂。试着用长短不一的音调掩饰内心陡峭而单薄的难过，还是被听出端倪。默默挂断，咽几口哽咽在喉的饭，告诉自己：有一天，这一切都会过去，而其实那一切都真的已过去。

我偶尔会想起荒芜的村庄、破旧的医院和步履蹒跚的老人，内心深处有一种荒凉的萧条：对生命的垂怜。越是长大越是害怕衰老，会想要拼命留住这年华里的稍纵即逝，会害怕父母衰老的速度超过自己成长的速度。

人有时会因自己的无能为力对身边人有一种亏欠感，对父母尤甚。

在外漂泊久的人是没有故乡的，记忆里知了叫的夏天和小小手捏过的泥娃娃不复存在。时常怀念树阴葱郁的夏日午后，人们在乘凉，我搬只小板凳坐在树下听爷爷讲他文化大革命时的风光事迹；偶尔还兜来小布头和绣花针向邻家阿婆学绣花。那时高楼还没建起，隔阂还不太深，人与人之间的感情相对热忱许多。隔壁家的小哥哥还没长大，我们还不曾情窦初开，时常厮混在一起聊书本上的童话故事。我们各抒己见，争得面红耳赤，最后用一根辣条或一包唐僧肉和好如初。

再后来，周围的小伙伴渐渐长大，他们有了自己的生活圈，我一个人背井离乡去外地上学。每回家一次，便生疏一次。身体健壮的邻家阿婆突然病逝了，喜欢在树阴下乘凉的老人家耳聋了，侃侃而谈的爷爷变得沉默了，就连附近的鱼塘都干涸了，我记忆里的那片伊甸园再也不见了。

偶尔回家路过那片树林，也不会有笑声出现。如若是夏日，会有那么一两个老人坐在那儿，不说话望着远方，见人走过会忙着打招呼，却不记得对方的名字。你告诉他你是小时候那谁谁，他咿咿呀呀地点点头表示知道，等你再走过去时他还是记不得你。那一霎你会读懂衰老。

小时候，妈妈耳提面命最多的一件事便是学习，她对我寄予厚望。然而我并未按部就班地走她规划的人生。因着无知者无畏，所以近乎叛逆似的逃离故乡，逃离她所给予的所有庇护，只身来到这里，是任性而为之的偶然，也是生性不羁的必然。

起初，很喜欢外面世界的色彩斑斓，它给了自己很多可能，又因着有人无微不至的照顾，所以并不觉着在漂。可是突然有一天，当命运给你措手不及时，你会意识到自己并非无所不能。你不再留恋花花世界的光怪陆离，你渴望逃回去。然而，那时你的故乡却接纳不了你，你的父母也庇护不了你。你会慢慢懂得：所有一切都是自己选择，错了对了都要自己承担。

现实教会你后果自负。

每天都有事情张牙舞爪袭向我们,也有爱情梦想迷醉我们。白日里我们调侃、自嘲,把不是自己的自己丢进人群,独处时,我们沉默、内省,和自己握手言和。

还是会有人问我成功的定义和爱情的标准。如若是从前,我会告诉你,成功是你取得了成绩而被认可;爱情是你的幸福人尽皆知。可是此刻,这两者于我而言都不再意义重大。在我这里没有伟大的爱情和命运,只有平凡的人生。

人有一种从众心理,大家都认可的东西便会潜移默化地去苟同,即便你不了解它。所以很多时候,我们通过一些物化的东西去试图展现自己美好的一面,让众人以为我们真的如此。而有时并非如此。

人长大后会对自己越来越诚实。和谁相处比较舒适,做什么比较得心应手,我们内心都观摩得一清二楚。我们学会避开可能使自己受伤害的人和事,对很多事不再表面地判断,也不再试图向不了解你的人解释。我们学会对自己宽容,也对别人宽容。

别人口中伟大的爱情和命运,他人说一说,我们随便听一听。

雨一直下

有一年春,被卷进很多细小琐碎,
欠一句解释,可是不愿。

有一年夏,路过青山薄暮,没一句惜别,盛夏凉薄。

夜里做了一场梦,梦见很多熟识的面孔,一张张忽闪而过。而后在一个歇斯底里追赶的梦境里醒来,伴着光,夜深人静,回忆起陈年往事,已经发生的和正在发生的。

诉说的欲望变得越发浅淡,人来人往,想要留住的少之又少。

对一切厚重的话题——人生和梦想,世俗和婚姻,近乎本能地排斥。

排斥与欲望有关的一切,连同一直为人称道的爱。

我想这大抵就是传说中的间歇性逃避,逃避世人给你投注的目光,逃避外界强加于你的标签,也逃避满城风雨的喧嚣。厌倦了热闹,偏爱淡漠疏离。

兴许这便是对一座城的彻底遗弃,连同过去被这座城浸染过的自己。

雨一直下,一直下。下在外面的世界,也下在内心的秘密花园。

看身边很多人的生活形态,告诫自己多年以后不要如此。不希望自己明日黄花时一无所有一无所长,也不希望在本该优雅时还在为生活疲于拼命。希望沉淀之后,自己的世界足够精致,没有太多不相干的人,也没有太多芜杂的情绪。至于浮萍,随风即逝就好。可以很热忱,也可以很凉薄。

纯粹的热爱变得奢侈,所以才对很多曾经偏执的有了怀疑,譬如一个人对一个人的喜欢,一件事对一件事的认真。每一个或每一件你想要用一生去虔诚对待的人或事,都有你所不愿面对的一面。譬如,朋友。你总是要失去一些人,再遇见一些人,而后留下来的才能是一起并肩的。无须刻意维护,但需要时,一个电话便找得到。再如,热爱的事。总有这样那样的细小琐碎和规矩,消耗你的热忱,连同耐力,但还是希望有朝一日它能成为你的一个标志,给你富足的精神世界。

三毛写过的荷西,胡兰成笔下的张爱玲,我们听到看到的很多爱情,兴许不是真的如此不染纤尘。小时候幻想它是"山无棱,天地合,才敢与君绝"的浪漫,稍大一点儿时幻想它是"只要你要,只要我有"的倾其所有,最后在现实里幻想它是一饭一蔬的平淡。长大后,内心贫穷的我们羞于谈论爱情,太计较付出,太渴望得到。很多人心猿意马,很多人走马观花,"只待一人好"快成了童话。

很多经历适合写成故事,但因着才华有限,总也无可奈何似的放弃。王安忆的软侬细雨,王家卫的文艺腔调,李碧华的疼与痒,杂糅在一起兴许写得出一座城的烟火。

有一年春,被卷进很多细小琐碎,欠一句解释,可是不愿。

有一年夏,路过青山薄暮,没一句惜别,盛夏凉薄。

就这样春夏秋冬四季更替,而我也终于厌倦它的阴晴不定,渐喜"红了樱桃,绿了芭蕉"的轻盈。

轻盈里有美好故事发生,在清晨,在傍晚。

没有暧昧相处,没有言不由衷。

所有的一切都是晴好明朗的。

缘分

关于那些措手不及，它们都沉沉地睡在了回忆里，鲜少有人问起，也鲜少有人知道真相。

1. 空心人

距大学毕业已近三年了，回想起来差不多虚度了整整两年。在2013年以前，生活和工作之于自己是完全陌生的；分离和衰老也觉是遥不可及。在我有限的阅历和格局思维里，它们离我很远。因着父母过分的保护和身边朋友的纵容，初入社会的自己身上几乎没多社会属性。我不用为了要在这座城市好好生存下来而费尽心思接近有用之人，也不用为了讨好任何人而委屈自己一点点，更不会因为情感或物质的匮乏而向他人索取。总之，一切都差不多是喜欢的样子，但是命运总是会给人意外的。

关于那些措手不及，它们都沉沉地睡在了回忆里，鲜少有人问起，也鲜少有人知道真相。我想它们会被我遗忘，犹如我会被时间遗忘。

刚毕业时，时常有人问：你一个人去北京怕不怕？

实话说，不是不怕，而是不知道需要怕什么。因为不曾经历过生活，所以不知道生活凶猛起来的模样。而如果再给自己一次重现来过的机会，我想我会怕的，怕不被宠爱，怕一切复杂，怕光怪陆离世界里陌生的自己。

再后来，有人问我为什么一个人留下来时，我告诉他们是梦想。年幼无知时总爱把梦想挂在嘴边，现在说出这两个字会不自觉羞愧。什么是梦想呢？有一阶段是渴望成为妙笔生花的作家，有一阶段是希望成为不可一世的编辑，有一阶段是……总之，有过很多见异思迁的梦想，而当下却——没了。如果有，那也是长埋于心的隐秘心思，是一花一草，是一饭一蔬。这是个终极文艺的梦想，看起来容易，实现起来并不容易。

有人偏爱聪明伶俐，也有人偏爱沉默冷静。而自己总是顺着心性自由散漫地成长，鲜少刻意维护任何一段关系，喜欢就喜欢，不喜欢就不喜欢，很少为了获得一点认同感将自己抛售出去。也许应该入世一点点，但并不想忤逆自己。

2.失语症

从小到大身边有很多朋友，所以在人际关系上从未觉得胆怯过。然而随着时间的推移，越来越惧怕陌生的群体，在他们那里我时常感到无所适从，甚至不敢直视他们的目光。似乎那里有星辰大海，深邃得我收藏不起。

也许穷尽一生，自己都终将是个平凡人，纵使有过小小野心，也仅仅是希冀以一技之长养我心。他人眼中的功成名就非自己所欲也非自己所念。所以，每每有人谈论英雄梦想时，我总是迟钝得说不出话来。他们喋喋不休，只我瞠目结舌。

不知道人们为什么变得越来越容易愤怒，越来越忙碌。而我总是过分天真轻而易举地相信每一个人的不容易，为之感性，弄得自己满身风雨。有很长一段时间，不再想要了解他人口中的苦难，也不再想要听闻众生的梦想。甘于平凡，也难能可贵。

3. 亦无风雨亦无情

在北京生活了三年有余，以为自己会一直生活下去，遇见自己的另一半，结婚、生子。然而，逃离的念头在一个冬日的深夜陡然萌生。

一切如常，并无风雨，最难熬的已过去，自己却没了坚持下去的念想。关于这座城的所有热忱，在那些事发生之后慢慢地被消耗殆尽。

　　和朋友的告别持续了一个多月。我以为不会不舍，然而越是临别，不舍越是浓烈。

　　离开的前一晚躺在床上，回想每一个转身离去的背影，可能意味着再也不见，一种难过的情绪浮上心头。

致新的十八岁

我一直以为自己了解爱,了解梦想,了解生活,但其实一无所知。

对于一个对节日有所回避的人来说,过生日并不是一种美好的体验。

所以,我总是弄不清自己的生日到底是阴历还是阳历。

几乎每年的生日,都是在他人的提醒下被记起,有时是朋友,有时是妈妈,也有时是某人。而今年是妈妈。

早上六点半,收到来自母上大人的第一条祝福。

贪睡的自己,早早地起床,洗漱,化妆,去公司。

中午休息的片刻,从座位往窗外看,外面有自己向往的好看:蓝天、白云、红房子。而自己为何要把自己囿于格子间?是自以为是的以梦为马?是青衣薄衫的无知无畏?还是扑面而来的生活?或许都是,又或许都不是。

不知为什么,这次的十八岁,感觉和从前很不一样。

或许记忆里的那个十八岁更像自己,在安徽一座小城,岁月静好。光阴之下,全是慢条斯理的唯美童话。

但此刻有了素淡世故的自己，似乎更能明白生活之于自己的意义，它不仅仅是一种向往，还是一种责任，有时五光十色，也有时体无完肤。

责任，是一个有包袱的词。很多时候，我总是回避它。

然而，我的妈妈告诉我，他们渐渐上了年纪，对很多事感到爱莫能助。

而我也逐渐感到世相的真实：爱人会离去，父母会老，朋友会变，只有自己是完整地属于自己。

所以，收起自己性格里的曲高和寡，在俗世生活里横冲直撞，为爱，为钱，为自由，为所谓的生活。

也开始正视自己的欲望饕餮，像正常人一样去了解它，触碰它。它很简单，也很复杂，像极了人性。

这么多年，一直不知道不缓不急地做许多事，是否正确，时间是否经得起年华似水的搁浅，但感到最好的年纪才刚刚开始。

无论是象牙塔里的青葱岁月还是被庇护的那些年，真正的自己从未苏醒。我一直以为自己了解爱，了解梦想，了解生活，但其实一无所知。如果一个人她完全了解这些，那么她不会过分地将自己置于高处，对周围的一切置若罔闻。她会去争，去努力实现，会尽早弄明白自己想要什么,而不是将自尊心高高捧在手心,等生活碾压时才恍然觉悟自己没有退路。

这是我二十几岁应该明白但没有明白的道理。写于此处,以此供养自己新的十八岁。

新的十八岁,许下的愿望很简单:愿明年此时,人生如愿以偿:有足够的时间供养自己的花花草草,有足够的钱供养自己的闲情逸致,至于感情随缘。

和朋友吃完饭,回家敲下这些稿子。想起前几日在潘多拉看的一款好看手链,想买来送自己,想了想便打消了念头。送自己的最好礼物,是来年更好的自己。即便此刻不是,那么当你决定离开时,也一定是一个崭新的你!

以爱之名

Past

人怎样才能戒掉对情感的过分幻想,
而又对其深信不疑?

Now

距离上一次心动已经很久,
久到令人怀念。
偶尔盛装赴宴,以为会快乐,
而其实并没有想象中快乐。

Future

她不应该为父母亲结婚，
她不应该在外面疯言疯语
听多了就想着要结婚。
她应该想着跟自己喜欢的人
白头偕老地去结婚。

而我希望我们还能认真

人越大越不容易认真,不是害怕伤害就是害怕认真之后负担不了。所以在爱情里有那么多逃兵。

窗外飘落的,是雪,大片大片的。我们才兴奋了一会儿,它便又停了下来。

我偶尔望向窗外,枯树枝、红房子、行人,一切看起来都带有冬的味道,慵懒但也萧瑟。碎片也就这样跳跃了出来。

依稀记得初来北京的那一年,风很大,总是在夜晚鬼哭狼号似的刮一阵,但并不觉害怕。而后是传说要世界末日的那一年,也是某人离开的一年。有一日风很大,一个人回家,屋子里空荡荡的,不知怎地突然就哭了。不知道那是不是矫情,但那段日子就是那样容易落泪容易脆弱。在地铁里，在人潮中，甚至在上班时，眼泪总是不听使唤似的突然造访，令人尴尬。

再后来，北京的风不那么大了，突然多起了霾。很多很多的霾。我在霾里过得忧心忡忡。

那是一段无比自怜与脆弱易碎的日子，整个人不堪一击。

确切地说，不是矫情，而是在一个人面前矫情惯了，突然失去可以矫情的对象，人才变得郁郁寡欢。

近来，除文字之外，给自己培养了一些让自己开心的业余爱好，而后在不开心时涂上几笔便觉人生盛宴丰盈得抵过得寥寥心事。这些爱好有些是原本就喜欢的，也有些是未曾涉足的领域。文字之于自己，像是个旧友，总是静静地陪伴。而文字之外的其他，我们互相陌生，以至于时常觉得自己除文字之外，再无一技之长。

昨日朋友问，新的一年有什么计划。我回，邂逅一段感情，培养一个爱好，再变得美一点。朋友笑，后两个后天努力兴许能够得到，但前一个可不是那么容易的呀。朋友所言确是如此。

我问朋友，为什么遇见有好感的人那么容易，但遇见想要认真的人那么难。

朋友回，如若真心，便会认真。

我又问，什么是真心呢？这么多虚情假意，这么多你暧我昧，我们怎么识别哪些是真心？即便那是真心，谁又能保证这真心不伤害人呢。

朋友回，不要给爱附加太多条件。

我说，我没有，我只是分不清哪些是真心，哪些是假意，哪些又是寂寞的因果，比如你，你身边那么多莺莺燕燕，和很多姑娘暧昧，可为何你还是一个人单着。

朋友回，人性使然。

一句"人性使然"使自己好不容易建立起的信念瞬间坍塌。在我看来，他是那么认真的人，可是连他都这样做了。在惊讶之余，我多么伤感。或许，对于爱情，我一直是没有过于确定的信念的，所以才在外界稍有风吹草动时就感到草木皆兵。是的，我那么敏感，敏感到连真心都拾掇不起。

有时会质疑一个人对另一个人的喜欢有多认真。真的那么容易喜欢一个人吗？即便那喜欢是真的，又有几个人在喜欢之后能够持久地认真呢？而即便想要认真，又有几个人会真诚地对待那份认真呢？

人越大越不容易认真，不是害怕伤害就是害怕认真之后负担不了，所以在爱情里有那么多逃兵。兴许，这世上很多人都是想要认真的，而往往越认真的人，越容易受伤害。所以有时即便想认真，也因着种种顾虑而不敢认真。

这么多似是而非的感情，认真、怠慢、暧昧，和玩世不恭，无论哪种都有其各自形成的背景。而我希望无论怎样我们都能认真，也希冀我们都有足够好的运气，得以遇得见另一份认真。

以爱之名

能够随便说出口的爱和容易动情的情，都算不得矜贵，可以对你也可以对别人。

暧昧和喜欢是一步之遥，而喜欢和爱却咫尺天涯，所以才有许多以爱之名的调情。

像是过了一段荒唐岁月，和很多人走散，没有告别也没有挽留，一切都发生得那么自然和没有前奏。一座城的气质一旦沾染上，想要漂白就需要果断地告别，告别故事里的得未曾有和爱而不能。

小时候，对美好的事总是贪婪地想要更多，甚至渴望过永恒，并试图用多种方式去维系一份自以为会永恒的永恒。长大后会渐渐明白时间面前再无永恒之说，遗忘才是常态。譬如，分手后的恋人，中途走散的朋友，和被岁月洗劫的我们。

成长总是难两全其美，给你年轻气盛，也给你心智不熟。一路走来，有人遗忘爱情，有人遗忘真心，有人遗忘曾想要守护的人，也有人完完全全遗忘最初的自己。无论是哪种遗忘，都不可避免地有人沉沦。

因着很多原因，我们总是要舍弃一些不适合自己的，而舍弃意味着割舍，内心会有不舒服但好像很容易就过去。所以我们选择对自己苛刻，用后天学会的理性去制衡与生俱来的善感。可能会错过，错过很多性感的爱情，错过很多感性的友情；可能会走散，以我们无法预测的形式。但我们终将明白聚散离合，以沉默，以眼泪，以他人看不到的隐形感性。

想要躲起来的七月在归人心里蒙了一层纱，寂寞的人随便说爱，缺爱的人容易动情，有过伤痕的人选择置若罔闻。桃花面前，只能安静，有时不仅是因难画其静，也因爱得太廉价以致失去了绽放的欲望。

七月的故事片段中有些散落，有些深刻的沉默。而那沉默有所不同，我挑着留白什么也没说。

暧昧和喜欢是一步之遥，而喜欢和爱却咫尺天涯。所以才有许多以爱之名的调情。但感情是自私的，无论是暧昧、喜欢，还是爱，它都带有偏见和私心，不希望分享太多人。可是人有七情六欲，贪嗔痴总是难归其位，而我们又都是普通人。

生活还是有许多过分激动，有人挥霍得淋漓尽致，有人挥霍得无所畏惧，也有人挥霍得不动声色。在所有遗失的不快乐里，不再觉得失去是舍不得。比起没有结局的开始，遗忘更容易使人幸福。

在除了爱什么都不会的年龄里，偏执而错误地消耗爱，以为自己付出的是真心，而其实不过是一个人的自我感动。从感性上来说，人是容易被感动的，但从理性上来说，人是害怕负重的。面对不确定的示爱，遗忘算是其中一种较好的选择方式。

能够随便说出口的爱和容易动情的情，都算不得矜贵，可以对你也可以对别人。一不小心误读了他人的故事，见证几段殊途同归，便以为自己领悟了true love，也着实幼稚荒唐。

随便说爱的人，在求证自己能够被爱的可能性。

容易动情的人，在匮乏里试图抓住每一种可能。

这世上所有明朗的关系，都建立在彼此笃定的基础上。

所以，一切不明朗的，都只适合遗忘，不适合深刻对待。

如果这世上真有一种感情比较动人，那就是返璞归真。面对所有复杂的感情，天然去雕饰地纯真面对。我们都是生性朴素的人，只适合信手拈来的简单幸福，缝补不了满是疮痍的内心，也消耗不起有限的青春。所以，对于爱而不能，抑或得未曾有，只能遗忘，也只适合遗忘。

在感情里，我们总是想要苛求太多，却独独忘记自己能给对方带去什么。一味地求全责备背后隐藏着太爱自己的心。所以，去看看自己内心的欲和念，问询下自己遗忘了几分之几的自己。

　　如果故事还有明天，如果遗忘之后还想深爱，那就一路虔诚对待吧。

　　我始终相信一路繁花多过凉薄，尽管假象容易乱花渐欲迷人眼；也始终相信遗忘之后会有新的故事发生，总有一段会美好延续。

　　所有两个人里的沉默，所有没有说出口的留白，所有不被认真对待的调情，都终将在遗忘里被遗忘。

　　我们终将释怀，也终将明白，爱是一切生存的目的。

心动

**人怎样才能戒掉对情感的过分幻想，
而又对其深信不疑？**

距离上一次心动已经很久，久到令人怀念。

偶尔盛装赴宴，以为会快乐，而其实并没有想象中快乐。

为什么要执拗于自己的一些欢喜而不能像其他人一样容易快乐？

因为一顿美食、一场好看的电影、一次简简单单的牵手。

像他们一样，嘴角上扬、眼眶温润，悲喜共情。

成长使人收获很多，与此同时，也短暂地使人失去爱人的能力。

譬如，不容易心动，不容易喜欢一个人，不容易爱上爱情。

人怎样才能戒掉对情感的过分幻想，而又对其深信不疑？

是遇见足够笃定的人还是对自己足够自信？

很多道理都懂，而轮到自己并不能完全分寸自恃。

问朋友，什么是心动？

朋友说，心动是你对一个人有欲望，想和他聊天，想把好的事物分享给他。

这听起来不错，而自己好像失去了这个能力。在感情里寡淡久了，连欲求都变得迟缓。可有可无早已习惯。

而其实，我们没有表面看起来那么大方。很多时候，为了不给他人造成负担，或者说让自己看起来更体面，而刻意隐藏了真性情。

也许，人和爱情都没那么高级。

放纵一点儿也并无不妥。

毕竟，还能心动是成人世界为数不多的美好。

爱而不能

那些你自以为爱到不能彼此缺席却还是没能一起走的缘分,在某些时刻都是一种命中注定。

1

一份感情但凡能够分离,大多是有问题的,至少有一方是想要放弃了。

或许,我们每个人心底都有一份爱而不能的深情,朋友之上恋人之下,怕远也怕近。

又或许,我们每个人都曾有过一段爱而不得,舍不得离开却也没能在一起,怕忘记也怕记起。

想起那些爱而不能,抑或爱而不得,会失落会惆怅甚至会惋惜。可是,失去的终究是失去的,无论多么难过抑或念念不忘,不能在一起的终究是不能在一起。

渐渐你会明白,所有的爱而不能抑或爱而不得都是缘分不够。如果一份感情,缘分不够,那就再修;如若无心为之,那就不修。

这世上有很多事是通过努力就可获得的,唯独爱不能。一个人他不爱你,你哭闹是错,静默是错,就连活着呼吸都是错。但，这并不代表，你不值得爱。

那些辜负过你的人，那些伤害过你的爱情，那些你自以为爱到不能彼此缺席却还是没能一起走的缘分，在某些时刻都是一种命中注定。

2

时常有姑娘在一段类似爱情的暧昧里问：他究竟喜不喜欢我？当你这么问的时候，答案已经显而易见。而一个人他如果喜欢你，你不必担心他会不好意思表白，爱到一定浓度，他会主动出击。除此之外，都是不够爱。别总自欺欺人地替他找借口试图骗过自己以获得短暂的心灵慰藉，让自己假装相信，他是爱你的。一个人他如果真想与你发生点什么，他会尽一切办法找到你，而非让你等让你猜。

人们在感情里时常有一种错位，在女生刚刚萌生好感时，男生却失去了兴致。他怎么可以忽而喜欢上别人，毕竟前不久还在对我好。可感情就是这样的。

一份感情但凡能够分离，大多是有问题的，至少有一方是想要放弃了。他当初喜欢你是因为你满足了他的期待，而后来喜欢上别人是因为你不再能满足他的期待。你没有错,他也没有错,错的是不适合时却还要不遗余力地撕扯在一起。我们知道爱是需要努力的,其实分手也是。

3

没有在一起就是没有在一起,你假设重新来过毫无意义,你梨花带雨也换不回当初他喜欢你时的柔情。狠狠爱过,掏心掏肺地付出过就好,至于结局即便万分不舍但缘分尽时还是放过自己吧。他会记得你的好你的大度,你失去的不过是一个不那么爱你的人,而他失去的却是深爱他的人。若干年后再想泪流满面的人肯定不是你。

分手

有时不爱了就是不爱了,

不一定非要有新欢的出现才能破坏爱。

这里已不再是人间四月,而关于你的不老童话,依然流传在那些纷飞的缄默里。

夜里,做了一个关于你的梦,梦见你站在婚礼的殿堂。新娘的婚纱,层层叠叠,怎么也裹不住你目光所及之处的饱含深情。

很多人来道喜,他们都是我们共同认识的人,看得出他们诧异的神情,怎么不是我和你,而是她和你。

我站在婚礼之外,像个路人,假装驻足,窥视着你们。

这是一个梦,有点悲伤的梦,虽然是假的,但还是会心有余悸。

想来认识已十余年,朋友做了四五年,恋人做了四五年,熟悉的陌生人也做了近四五年。才不过五个五年,你便占了其中三个。

不知是情深缘浅,还是缘浅情深,反正终究是回不去的了。

我一直以为我们会走到最后的。可是不知从哪天起，再也不能一起走。

你没有变，我也没有变，可是你我彼此身上所附属的渴望却变了。

有日你说，朋友都订婚了，要不我们也订吧。

不知为什么，那一刻，我并不感到开心。那是我第一次认真审视我和你的关系。

不再幻想和你一起生活已经很久，只是简单地活在了当下，说不上不快乐但也说不上快乐。

隐约觉察到有些感觉在变化，但我们却不愿面对并承认。

有日午后，我坐在阳台晒太阳，时光恰好，明媚如初。你出现在我背后，我回头望向你，一字一字说，如-果-分-手-好-不-好。

你片刻吃惊，沉默着不说话，而后眼里落满郁郁寡欢。

你点了一根烟，问为什么？

我说，我感到不开心。

"不开心"三个字在你吐出的泛黄的烟圈里晕染开来。

你问，怎样才会开心。

而我，其实也没有答案。

你是一个很好的男朋友,把自己的工作处理得妥帖周到,也把我的生活打理得井然有序,按理说,我应该知足的。可是,内心深处总觉孤寂,一种只有陪伴但无人懂得的孤寂。

你带我去外面的世界看风景,但从不带我到你的内心瞧一瞧。

你照顾好我的每一个小情绪,却从不让我照顾你。

这本身就是一种失衡,一种没有办法去平衡的失衡。

我们之间像是隔着千山万水,却用自以为是的好对对方好。确切地说,当初懵懂的感情早已上升为亲情,我们再也不适合。

人总是这样,即便不喜欢了,还是舍不得分离,舍不得对方的好,舍不得对方的陪伴,也舍不得彼此之间养成的默契。

于是带着我执在忽明忽暗的情绪里试图小心翼翼地维系着彼此的感情,反复拉扯,直至最后精疲力尽。

有时不爱了就是不爱了,不一定非要有新欢的出现才能破坏爱。把爱情丢进生活里,两个人带着它一起成长,如若彼此成长的过程里出现了倾斜,爱的天平也可能就发生倾斜。而这时取舍就可能发生。

不适合的就是不适合的,如果非要去迎合,到头来只能两败俱伤。好的爱情，对的人，一定是带给你能量的人，而非消耗你的人。相爱／分手／背叛／决绝，每个人都可能经历，但不是每个你经历的人都适合和你一起生活，即便彼此陪着彼此走了很多年。

爱

当我们开始思考爱是什么的时候,
它已经消失了。

刻意寻找的,往往是因为找不到。

朋友问,你知道什么是爱吗?

这是一个宏大而无解的问题,我并不知道。只是隐约记得年少时喜欢一个人,会力所能及地对对方好,不会计较谁多谁少,谁对谁错。可能会为每一次争吵肝肠寸断,但并不会因此彼此疏离。

第一次知道人们在爱情里的众生相,是在分手的第二年。

可能是运气好,遇到的人都对自己极为照顾。所谓糟糕的感情从未遇见过。

故而,天真地以为,只要是喜欢你的人,就一定会方方面面照料你,庇佑你。

后来,陆陆续续遇到的一些最终没有发展为爱情的感情,间或地让自己明白:不是所有喜欢你的人都会愿意赤诚付出,总有人计较谁多谁少。

有次,我问一个男生,为什么不去追那个默默喜欢了两年的女孩。

他说,沉没成本太高了。

我诧异地问,爱情哪里有什么沉没成本呢?

他说,时间成本、心理成本、金钱成本,以及其他情感成本,每一项都需要投入,最怕的是你投入了还徒劳无功。

那是我第一次亲耳听闻人们在情感里的计较盘算,为此感到不可思议甚至悲怆。

我不能够明白:人们对自己喜欢的人为何也会计较这么多?喜欢一个人不是会忍不住对他好吗,哪里会嫌多?

记得自己第一次喜欢一个人,路过某地看见好看的风景都忍不住分享给他,哪里会计较什么沉没成本。

不知道是自己饱尝的甜太多,还是后来遇见的情感太过寡淡,并不能很好地开始一段感情。

也许比起过早领悟爱情真相的人,自己是幸运的。幸运到没有机会遇见糟糕的经历。幸运到在盛大的青春里心无旁骛地喜欢过。以至于在后来遇到的感情里,处理不好稍微复杂的关系。

很多年后,我还是乐于跟熟识的朋友谈起那些过往,那是我看见并经历过的最好爱情,尽管伴随着生涩、不成熟,和争吵。但无论什么时候,拿出来,它都依然是好的。

像发生在电影里的那样:

因为喜欢一个人,偷改高考志愿,阴差阳错,各自报了对方想去的学校,从此天南地北。

因为喜欢一个人,想和他站在同一个起跑线,一起堕落一起颓废一起任由成绩跌落谷底。可是有喜欢的人就够了,前程算什么呢?

因为喜欢一个人,愿意坐八个小时的绿皮火车,穿一身新衣裳,只为看一看他。

这些事随风飘散了好多年,每每说起的时候,我都羡慕那时的自己。即便没有一个好结局,但并不遗憾。

那时候,喜欢一个人很简单,可能是他穿了一件白衬衫,可能是他笑起来很好看,没有什么远大梦想和前程,只要他好。

再后来,尤其是经历了一些不那么好的感情后,开始懂得:那样的感情或许只存在于那个年龄段,此后再也不会有一个人青衫薄衣,愿意用十年陪你共青春。

就像当我们开始思考爱是什么的时候,它已经消失了。

刻意寻找的,往往是因为找不到。

不问对错

时间可能使人变得理性，使人在面对感情时更加成熟，但并不会退化人爱的能力。

人们似乎习惯用"值得与否"来衡量一段感情，觉得值得便全心全意，觉得不值得便适可而止。这是我听过也见过的其中一种爱情模式。

可什么是值得呢？衡量的标准又是什么呢？

是她满足了你的一切幻想？还是他给了你举世无双的安全感？

每个人有每个人的答案，众说纷纭。

也许，一段感情但凡需要思虑是否值得时，就已经不够笃定了。

爱情存在时，它不问对错，不问值得不值得。勉强不来，强求不得。

它是自然而然的发生，是睁开眼你第一个念想的人，是入睡前你最后一个还在记挂的人，是明知她有很多缺点但你依然喜欢的人。

无论她多么聪明，但在你看来都是笨拙的，你会忍不住担心她吃不好睡不饱穿不暖，即便她早已学会谋生的本领。

她可能在很多领域都是自给自足的，但一定有某个领域是匮乏的，这匮乏让很多人望而却步，但独独认真等待的你愿意去填满。

时间可能使人变得理性，使人在面对感情时更加成熟，但并不会退化人爱的能力。如果一个人在面对一个人的感情时犹豫不决，不是匮乏爱的能力，而是不够爱。

如果一个人他想不起来去主动关心你，那不是这个人的错，也不是自己的错，是缘分如此。

这世上很多东西都可以通过索取获得，唯独感情不能，你不能要求一个心里没你的人去对你关怀备至。

无法深爱的人

爱点正常的人,不会泛滥地喜欢,
也不会觉得谁也瞧不上。

关于感情,身边有两类人群:一种是爱点太高的,谁都喜欢不上;一种是爱点太低的,太容易喜欢上。

爱点太低的,很容易喜欢也很容易厌弃,时常周旋在各种姑娘身边,今儿对这个心生好感,明儿对那个心生迷恋,和每一个都周旋和每一个都暧昧,遍地撒网,自我感觉良好,以为全世界的姑娘都会喜欢他。

当他们喜欢一个人时,会觉得这个人哪里都好;但当他们觉得得不到时,便瞬间瞧不上这个人了。从观察来看,他们的喜欢相对简单粗暴,请吃饭看电影送礼物而后示好,示好之后若是得不到回应,或是对方回应比较模糊,他们旋即放手,心里会因为得不到而感到不舒服,但一般不会伤心。所以,有时我会困惑,困惑他们是如何做到瞬间喜欢上一个人又瞬间厌恶一个人的。我百思不得其解。

另一种是爱点很高的种群,他们对爱要求苛刻,可能是自身条件较好，也可能是自以为自己条件较好，还有一种是回忆里住着一段现实里无法超越的过往。所以，他们很少迅速喜欢上一个人，不过这类人一旦喜欢上就异常认真。

无论爱点高或低，都只是一种当下情感的缩影，无所谓褒贬，不过因人而异。爱点正常的人，不会泛滥地喜欢，也不会觉得谁也瞧不上。我想我们都是凡人，应该知道自己的价值所在，也应该知道自己的缺陷，所以会喜欢上势均力敌的人。有点儿优秀，可以供自己崇拜；成熟一点点，可以让自己耍点小脾气；能够一起聊得来聊得欢或是吃得来，有共同的价值观，在一起开心，概莫如是了吧。

即便我们知道这些，但在感情里还是会盲目，会困惑，会不安。很多时候我们并不知道自己在等什么，也不知道自己在等谁。我想了想大抵是因为没有遇见非你不可的人吧。

听过几段他人的故事，对于非你不可定终身的故事神往不已。而什么是非你不可呢，这么开放性的问题的答案想必也是仁者见仁智者见智吧。你眼中的非你不可，可能是他人的弃之敝履。

时间流逝,死亡会如期而至,而非你不可的那个人并不一定会来。所以在没有遇见非你不可的人之前,试着多爱一点儿自己,多爱一点儿自己的欢喜,这样才不至于身无一物,才不至于在遇见更好的灵魂时手足无措。

解药

**喜欢了多年，做了很多让彼此变好的事，
但还是没能在一起。**

这是命，我们左右不了。

在心底暗自许下许多美好，关于你关于未来，可现实世界里，我们终是走散了。在最初失去你的那段日子，感觉自己的世界像是坍塌了，天空是暗的，心情是暗的，连周围的人看起来都是暗的。不喝水，不吃饭，不睡觉，时间突然多了很多，要怎么做才能让自己快乐点，我想象不到更好的方法。那些情绪像四月的雨，绵绵的，无归期。

后来，好像找到了一种解药，想起时不再那么难过。当喜欢的人离开，留下的那个人，要好好的。

我试着用你的方式讨好自己，饿了会自己填饱自己的胃，生病了会自己喝药水，过马路时会左右张望。最后，终于学会用你的方式对自己好，也终于明白无论怎样的爱情，都应是欢喜的，爱上时值得欢喜，离去时也值得欢喜。

很久没有联系，再次联系时，你说，你去相亲了。

我问：女孩漂亮吗？性格好吗？是不是比我懂事许多？

你：找个人过日子而已，漂不漂亮有什么关系。

我：那结果怎样？喜欢吗？

你：没感觉，散了。

复杂的情绪涌上心头，既欢喜又诧异：喔，你还挺挑剔的嘛，差不多就得了，过日子嘛，至少要找个会照顾你的。

我故意拖长声音，强调了"照顾"二字。兴许，在我看来，能够有人知你冷暖为你和风细雨，便是我对你幸福的最大期待吧。是的，我希望你的幸福恰到好处。你太幸福，我会忌妒；可是如若你不幸福，我也会难过。所以，希望你的幸福要恰到好处。

你说，随缘吧。

我问，那要多久？

你说，不知道，可能是一年可能是两年也可能是一辈子……

其实，近来想起你会悲恸的情绪日渐消弭，我也终于能够发现除你之外的其他人的好。你走以后，遇见很多人，但像你一般的人少之又少。可是最近，每日睡前，有关你的回忆逐渐减少，却会憧憬转角处意外的美丽。所以，我想我们都终将放弃那些不甘心的难过，而后欢喜着迎接下一段美好。只是不知道你是否会像我这般努力幸福？

关于你的发问，我沉默了，而后你也沉默了。但值得庆幸的是，我们终于能够平静地接纳彼此不能一起幸福的事实，并假装大度地插科打诨。这是无常面前，现实赐予我们独有的相处方式。也许任何一对分手后的恋人都不可能像我们这般友情之上爱情之下，即便这记挂的感觉不再是爱情，是亲情。就好像，关心彼此成了彼此生命里的一桩责任，知道你过得好，不会打扰；知道你过得不好，也会主动奉上安慰。

我开玩笑说，准备留长发了，这样拍婚纱照的时候会好看。

你也开玩笑回，是啊，还是喜欢看你长发盘起来的样子，只是那时为你披上嫁纱的人不再会是我。

哈哈。

除了制造些笑声，我不知该说些什么，似乎说什么都很多余。

喜欢了多年，做了很多让彼此变好的事，但还是没能在一起。这是命，我们左右不了。但即便如此，还是感谢你，感谢让我喜欢过的你，感谢当年喜欢你的自己,感谢互相喜欢过的我们。

即便没能一起幸福,即便为我披上嫁衣的人不会是你,可是依然感谢,感谢那些喜欢里的小欢喜,即便未能成真。是那些喜欢,让少不更事的我们逐渐美好起来;也是那些喜欢,让我们能够有幸遇见更适合我们的人。

允许有人不喜欢你的事实

大多有过爱情伤痕的人都觉得自己理应被美好对待。

他是我某次机缘巧合认识的朋友,北京大男孩,幽默、好玩,偶尔喜欢讲讲黄段子,逗弄下小姑娘。不深交的人都以为他活泼开朗没心没肺,接触过就会知道一个没心肺的脑袋下藏着一颗支离破碎的心。

此处将其命名为某少爷吧。

某少爷平日爱开玩笑,时常和很多小姑娘热闹,时常给小姑娘们讲他喜欢她们的错觉。也可能某少爷真的喜欢小姑娘,也可能小姑娘喜欢某少爷,但极少有可能他们互相喜欢。要不然某少爷不会一直单着。

某少爷有日遇见了某公主。

某公主文艺的外表下藏着一颗逗比的心,远观的人都以为她矫情难相处,接触久了的就会发现她其实真是货真价实的一逗比。某公主人缘算是不错,独独在感情里站在了背风坡。时常有人靠近但时常有人吃着闭门羹走,她自己也不知道发生了什么,反正就是总能把一段原本可能的可能神奇地再现为悲剧。

某少爷有事没事喜欢调侃一下某公主,某公主也有事没事回应一下他的调侃。尽管如此，某公主还是很傲娇，在她看来，某少爷就一纨绔子弟。你丫爱玩姑娘别处玩去，别惹我就行。可是某少爷贱兮兮地偏要惹上某公主。

某少爷是个有趣的人儿，时常让某公主觉得自己也很有趣。一来二往，某公主和某少爷渐渐熟稔起来。有日某少爷跟某公主说起了自己的故事。亲爱的读者们，对不起，我还是不打算将此故事公布于众，因为隐私太多，大家意淫即可。反正就是两男一女的故事，某少爷是受重伤且不幸的那一个。

某少爷跟某公主说，渴望爱但是惧怕爱，想认真但不知该对谁认真。

某公主平日里看起来还算机灵，但一旦遇见这么正儿八经的事就一下子笨拙起来。时常指点江山，但也时常被江山指点。

某少爷觉得自己不幸极了，有种被世界遗弃的绝望感。即便如此，这绝望感并未妨碍他游戏花丛。是的，他有病，且病得不轻，似乎只有爱情拯救得了他，但是他想要的爱情恰恰未能如期而至。所以他只好游戏花丛，至于有没有沾身，除某少爷自己知道之外无人知晓。

与某少爷相反的是，某公主觉得过去的自己太幸福了，有种被全世界捧在掌心的盛宠。所以当现实给了她当头棒喝之后，当她经历了一段黑童话之后，她再也不相信有谁替代得了给她盛宠的他了。是的，某公主也有病，病得比某少爷还重。某少爷是一段如期而至的爱情即可治愈他，而某公主是觉得全世界的爱情都不及她心底的那份矜贵别致。失去他，她再也看不上普通的爱情。

这样两个病人时常话人生话爱情，各自用各自偏执的观点企图去影响对方。起初某公主不以为然，依然是一副自我的模式，沉溺在自顾自的小世界里。某少爷也依然在四处问询爱情，只是总是不得要领。他们偶尔互相倾诉，慰藉着取暖，但也互不干扰。

有段时日，某少爷好像有了新猎物，不再找某公主倾诉，某公主也被突然来临的盛宠弄得措手不及。就这样两个病人在彼此的世界里突然杳无音信，没有一声别离。

某公主借故出去散了散心，回来时想明白了很多事。

某少爷貌似又受到了重伤，来找某公主疗伤。

某公主明白自己给人的感觉是一副可以取暖的模样，纵使刚刚经历过寒冬，也会笑脸相迎。这从小就学会的伪装长大后一直藏着。所以，某少爷在朝某公主取暖时，并不知晓某公主心底沉积的寒冷。是的，没有人知道，她也不会说。

但这一次的互相慰藉与之前有所不同，这一次某公主透过某少爷看见了隐在自己身后的原罪——过高的期望值和企图证明自己爱得高高在上的傲娇心理。这么多年他人的呵护备至，使其忘记去领会平常人的爱情。在她过往的情感模式里，她也已忘记如何爱人。她以为的爱情必须善始善终，她渴望的恋人必须倾其所有，而她忘了过往那些盛宠是因为那个人爱她，而非她真的值得这些盛宠。她固执地以为自己足够好，值得被深爱，却忘记自己的好未必是他人渴望并喜欢的好。她好像意识到自己错得离谱且荒谬。

某公主理解自己的同时好像也明白了某少爷的症结。某少爷因为有爱情伤痕，所以试图通过种种看起来不寂寞的方式掩盖它。所以才不断求证自己在他人心里的位置，并通过这些来肯定自己的存在感。

曾经有段时日，某公主也患过这种病。在一个人生活的日子里，有人跟她讨论爱情，有人跟她讨论人生，独独没有人教她生活。所以她为那个教她生活的人着迷。在她看来，他迷人而有情调，闪耀而低调。总之，她第一次感到自己不好，并因此产生自卑。但她又不相信会有人不喜欢自己。所以她努力变好努力成长就是想有一天他看得到她的光芒，并为之着迷。于是她不停地求证不停地证明，把自己整得患得患失。那是某公主第一次在爱里迷失方向，她不相信自己会不被喜欢，好似为了证明自己是迷人的而乐此不疲地求证。

那是一段至今回想起来都觉可笑的日子，她的确有因此变好，但想想当初变好的动机是肯定自己的存在感而费尽心思也着实令人发指。

后来，她接纳了自己也有不被喜欢的时候，也接纳了不是每个人都会喜欢自己的事实。

她允许了自己不被喜欢。但不再因此失落，也不再试图求证些什么。

可能某少爷此刻患的病就是某公主曾经患的病。所以两个病友容易掏心掏肺。

大多有过爱情伤痕的人都觉得自己理应被美好对待，甚至试图通过证明自己是值得被爱的而选择用假性爱情伤害他人。所以才有浪子游戏花丛，我执着孤注一掷。所以才有许多爱而不得，千金散尽难买的爱情。

人会因自己不被爱而失落，也会因盛宠而傲娇。这两类人都是极其容易被爱灼伤的。一种不停用存取爱证明自己值得被爱，一种不停用消耗爱来证明自己爱得高高在上。

而其实，爱是平等的，没有谁高高在上没有谁必须卑躬屈膝。它无须证明，也无法证明。我们都应放过自己，不再试图证明爱是爱。

有时，我们想要的爱情，自己够不着；也有时我们够得着的，自己不想要。

而爱，是势均力敌。不是情绪里的大鸣大放，爱里的浩浩荡荡。它平静而自然地发生，无须追逐和证明。

愿身边在爱里忧伤的人都放过企图证明值得被爱深爱的自己。因为你在求证时就已支离破碎，得到的也华而不实。

爱情观

二十五岁的爱情观，不再是简单的喜欢，讨厌，而是会开始仔细地考虑未来如何相处？

不知不觉时间就将自己推上了谈婚论嫁的年龄，怎么也不愿相信自己一下子迈进了二十五岁的门槛。时间背书之后，总觉得自己还十八岁，可是时间一不小心就将青春碾过。

下午看杂志时，看到一段话，甚有感触：

最近时常和朋友感慨，以前只有凭着喜欢就可以轻松恋爱，而到了这个年龄，已经不能简单地考虑感觉了，二十五岁的爱情观，不再是简单的喜欢，讨厌，而是会开始仔细地考虑未来如何相处？工作、生活是否充实？两个人在一起能否感到幸福？能否一起照顾好父母和孩子？能否一起承担未来可能会发生的各种问题？

打心眼里，还是会渴望一份纯粹的感情，只是简单的我喜欢你，你喜欢我，没有太多世俗的因素。可现实世界里，婚姻是婚姻，爱情是爱情，婚姻与爱情并不总是同步，有些人遇到了有爱情的婚姻，也有些人穷其一生不得爱的要领。可尽管如此，还是会渴望一段有爱情的婚姻。我不能够想象在一段失去爱情的婚姻里，自己会多么孤独。

偶尔的，会羡慕那些在感情里能够清楚明白自己所需的人，似乎那样更容易知足幸福。有的人，你给她钻戒就能使其心花怒放；有的人，你对她好就能使其成为你的公主；也有的人，爱俘虏不了钱收买不了，她们铁铮铮地站在那儿，只为收获一份自己称心如意的爱情。喜欢一个人多累啊，遇上一个自己喜欢的人概率多低啊。于是就这样简单地我喜欢你，你喜欢我，竟然成了世上昂贵的奢侈品。

2014新年伊始之际，收到闺密发来的短信，她说五一结婚。对于她突然的决定我并不感到意外，只是佩服她莫大的勇气。男孩实在是个普通人，无任何过人之处，甚至说话时会胆怯，但唯一的优点是对她好。可这一个优点竟然抵消了他所有的缺点，使闺密义无反顾地选择了他。

一起吃饭时，男孩沉默地坐在那儿，听我们言语。而我清楚地知道，男孩会是个好丈夫，但不一定能够承担起家的责任。首先是，他没有一技之长；其次是，没有稳定的经济来源；最后是他对家的概念是模糊的，他自己并没有准备好。唯一有的是，一颗爱她的心。

或许爱的力量是强大的,但无论如何强大,也强大不过现实里的措手不及和意外的生老病死。打心底,我渴望自己这么勇敢,但现实里,我并不赞成这样的裸婚。如果说爱情是两个人的生死契阔,那么婚姻则是一群人的酸甜苦辣。它牵涉到将来会垂垂老矣的父母和嗷嗷待哺的下一代,甚至更多人的生活圈,绝不仅仅是简单的感情。

曾亲眼目睹一对恋人由璧人变成了仇人。他们高中时就开始恋上了,大学毕业后自然而然地说好要在一起。当然,女方家庭自是不同意,嫌弃男孩不思进取,可是女孩坚信他会给她幸福。起初,在没有孩子的二人世界里,两人关系还算和谐,没有太多争执,可是随着孩子的诞生,两人冲突越来越多。首先是在孩子性别上,两人各持己见,男孩子有着守旧的思想,重男轻女,而女孩诞下的是千金;其次是,男孩喜欢酗酒玩游戏,对事业毫无计划,对日子也是得过且过。他们婚前的花前月下全被婚后的柴米油盐给困扰了。女孩不再天真烂漫,男孩不再温柔多情。生活就这样了无生趣地进行着。当然,这只是个个例,也有的恋人经过共同奋斗后走上了幸福的康庄大道。

以上例子并不是说,结婚必须要有多殷实的经济基础，多牛叉的事业规划，但至少双方要各自准备好自己，不能仅仅凭着一时兴起。

是的，在不久前，在二十四岁的尾巴上，还在天真地幻想爱情，渴望一段柏拉图似的爱情，可是二十五岁一个踉跄就把自己惊醒了。如果需要进入一段婚姻，拿什么去经营，难道只是爱吗？面对即将老去的父母，能够使之老有所依吗？面对即将出生的baby，能够使之衣食无忧吗？面对生活中接踵而至的麻烦，能泰然处之吗？不，我暂时是无能为力的。

或许打心底，我们都有一个童话似的信念，相信苦尽甘来，相信山重水复疑无路柳暗花明又一村。可是现实是现实，当我们不能很好地准备好自己时，拿什么爱别人，爱自己想爱的人。

也曾像其他妙龄少女般渴望一段纯粹的爱情，可是现实告诉我们，没有爱情的婚姻是悲剧，仅仅只有爱情没有任何依托的婚姻也未必能够长久，与其让其在琐碎的生活里糜烂，不如准备好自己让其盛放。生活不是偶像剧，没有那么多高富帅也没有那么多白富美。不是所有的灰姑娘都能遇见王子，也不是所有的王子都看得上灰姑娘。

当然，除去这种生活在偶像剧里的姑娘，还有一种因着不堪现实的厚重，避重就轻地选择了充斥着利益的婚姻。关于这种现象，我们不能从道德角度去评判其好坏，因为每个人追求的东西不一样，所以无可厚非。但是，这种寄希望于他人来改变自己的思想，还是尽量避免。你是谁，便会遇见谁。

二十五岁，如果你单身，会被逼婚，会担心自己遇不见喜欢的人，会渴望爱情会惧怕婚姻。可是你却过了花痴的年龄，不能再生活在琼瑶剧里，不能只要爱情不要其他，也不能只要其他不要爱情。

愿每个姑娘都能嫁给想要的生活

千万不要嘴里说着爱情,心里想着面包,
在面对时又扭捏作态,那样的你什么都得不到。

1

"我是她父亲。三十几年前她来了,才让我成为一个父亲。我希望她幸福,真真正正地幸福,能够结一场没有遗憾的婚姻,让我把她的手无怨无悔地放在另外一个男人的手里,才不至于我将来会后悔当初怎么就这么把她送走了。

对很多人来说,爱情和婚姻不是百分百对等的。可对她来说,这是坚持了一个很久很久的准则。作为父亲,我应该和她一起去守护。只要她认定了,我就陪着她;那她如果有时受挫了,我会等她回来哭一场,如果她忍着不哭,那好我就烧一桌好吃的给她吃。

她不应该为父母亲结婚,她不应该在外面疯言疯语听多了就想着要结婚。

她应该想着跟自己喜欢的人白头偕老地去结婚,昂首挺胸的,特别硬气的,憧憬的,好像赢了一样。有一天就突然带着男方出现在我面前,指着他跟我说,爸,你看,我找到了,就这个人,我非他不嫁。"

以上是《剩者为王》里的一段话,原标题名《愿所有姑娘最后都嫁给爱情》。

2

不知不觉到了一个尴尬的年龄,同龄的朋友进入婚姻,儿时的玩伴嫁作他人,垂垂老矣的父母年过半百,而自己依然没有一段明朗到可以奔赴婚姻的感情。前两年还对岁月肆无忌惮,此刻却讳莫如深。

白日里,将自己扔进人声嘈杂,总是容易笑得开心;夜深人静时,独自面对自己,恐慌到夜不能寐。

回头想,如果不那么偏执,不去追求所谓灵魂伴侣;

抑或,在感情里足够聪明,明确自己想要什么,兴许会容易幸福许多。

可偏偏爱和欲都模棱两可。

爱得不够义无反顾,欲得也遮遮掩掩。总是不能诚恳地面对自己。

困惑时,发微信问朋友如何看待爱情和婚姻?

他们给出的答案各不相同,有些话语虽有所偏颇,但总的来说都算在理。

3

朋友A回：爱情是两个人的事，婚姻是整个家庭的事。爱情里，你可以因为对方的一句话、一件事，和对方分手。婚姻里哪怕对方有再多缺点，你还是得和他在一起。爱情是一粒沙子都容不下，婚姻是泥沙俱下地隐忍和包容。比如我的一个亲戚，前几日和他丈夫闹得不可开交，原因是对方有外遇。不管怎么闹，肯定是不会轻易离婚的。如果换作是爱情，早就分道扬镳了。所以婚姻更多的是责任，爱情顶多是你情我愿。任何形式的爱情，最后都会以婚姻的形式终结。但婚姻并不是爱情的坟墓，而是爱情开始的另一种形式。

行业：老师

性格：内敛、感性

一朵花形容她：含羞草

归宿：嫁给自己最初的爱情

她和他的感情从高中开始，我一路见证过来，甚至做了半个红娘。爱情长跑了八年，最后不顾家庭反对，义无反顾嫁给他。婚前，他们把爱情里能浪漫的事都一起浪漫了；婚后，也把现实经历了个遍儿。

她偶尔会电话里跟我诉说她的生活，语气里裹挟着伤感，那是一种婚姻里才有的孤独。她说："想说话的时候，他一句话也不说。那种感觉糟糕透了。日子开始变得琐碎，没有多少浪漫可言。"我不知道他们之间具体发生了什么，隐约得知他们的感情大不如从前，从前的花前月下成了厨房灶下，甜言蜜语成了空话。而爱情也在细碎里走了模样。

她开始怀疑自己当初的选择。有爱情的婚姻固然美好，但婚姻真的不是爱情。

4

朋友B回：每个人在情感里的所求都不一样，有人是唯爱主义，有人是现实主义。如果那段婚姻有你所求，或爱或金钱或名利，只要得到了满足，就可经营。从过来人的角度来看的话，爱情没那么神圣。它往往是人寂寞后妖魔化的产物。结婚后多是生活琐碎。人是生活在社会里的，等你有了另一半，为柴米油盐打拼的时候，它什么都不是。有很多人为了爱情歇斯底里，其实真的不值，还不如投资自己。毕竟人这辈子，只有自己才和自己过一辈子。爱情、老公、孩子，都只是你人生某一阶段的附属物。你的父母会老会过世，你的孩子会长大离开你，你老公也说不定会先你一步离开，或是中途和你离婚。只有你自己是完完全全属于自己的。所以，与其嫁给爱情嫁给别人不如嫁给自己。

朋友B

行业：金融

性格：有点处女座的射手座

一朵花形容她：蓝色妖姬

归宿：嫁给自己想要的生活

我们认识有七八年，毕业后，她去了上海，我去了北京。中间偶尔联系，聊些不着边际的话题。那几年，她在上海谈了几段感情，经历了腥风血雨，低落过荣耀过，最终过上了自己想要的生活。我在北京沉溺于一段自以为会开花结果的感情，被宠溺到不知人间烟火，结局还是一个人。

我分手那年，她结婚了，和一个温文尔雅的男人。朋友圈里看得出她嫁得不错，男方家境殷实。她是个聪明的姑娘，打毕业起就明确地知道自己想要什么。所以，此刻的她满载而归，在合适的年龄结婚生子，如愿以偿地过上自己想过的生活。

5

朋友C回：我是一个没有经历爱情直接进入婚姻的人，爱情之于你可能是必需品，之于现在的我已是可有可无了。到了某个阶段，感情也许是只要合适就可以。

朋友C

行业：日企

性格：温良、容易知足

一朵花形容她：解语花

归属：嫁给不那么喜欢但合适的人

她结婚前夕的事我知之甚少。只是突然有天告诉我她要结婚了。参加婚礼那天，是我第一次见她老公，人很高，不善言辞，但极其温和。

她说："我和老公很早就认识，平日偶尔微信联系一下，其他并无过多进展。中间大半年的时间没有联络，突然有一次发现朋友圈里好多条信息，点开一看全部是他点的赞，就连很久之前的微信也被点了。

那时我被家里催婚，催了很多次，甚至不愿意回家，又赶上奶奶突然大病卧床，也一直没有遇到一个真正合适的人，就在内在的挣扎与外在的压力之下，和他联系多了起来。于是就有了这场婚姻。

他是个会过日子的人,偶尔也会小浪漫下,但从来不会制造惊喜。每次送礼物都提前给出几个选项,或者直接问我想要什么。起初会失落,后来慢慢接受了他的冷浪漫。

刚开始他很不会照顾人,不会为对方着想,经常闹不愉快,我一个人哭过很多次,甚至想过放弃。后来,一起生活,慢慢磨合,他改掉了一些不好的习惯,慢慢变好。其实,一个男人无论他有多少缺点,你说的他听而且愿意为你改变,就已经很好啦。

我比较容易知足,有个心疼自己的男人,虽不是大富大贵但生活还不错,已经觉得很幸福。虽然婚前没有经历爱情,但也并不觉遗憾。而且,我觉得我们婚后有点恋爱的感觉呢。"

她说完最后一句时,脸上露出娇羞的表情,像个小女生。

我想这大抵也是好的婚姻吧,虽然婚前没有爱情作羹,但婚后慢慢培养也挺好。

6

朋友D回:你知道吗,不是所有姑娘都看重爱情,有的在乎陪伴,有的在乎物质。只要得到她们在乎的,那就是幸福,不是吗?没有爱情的婚姻不可耻,可耻的是没有任何目的的婚姻。其实谁都有目的性,图这个人有钱是目的,愿意与你白头偕老也是目的,图我和你就只是单纯什么都能聊也是目的。要看每个人内心,总之,我觉得不是勉强自己走入的婚姻就是好婚姻。你愿意,他愿意,够了,这就是婚姻。如果有一天你不愿意了他不愿意了,就分开,看起来很随意,但这样我认为真的能提高幸福感。不过这里肯定是有伤害的,因为不可能所有人都愿意放手。

朋友D是个男生,未婚,和我有过一面之缘。我不了解他,他也不了解我。我们偶尔在深夜聊天。

我的思绪停留在"目的"二字上,记得初入社会时,总是非黑即白地谈论感情,偏执地以为感情容不得任何杂质。为此,跟自己执拗了很久。希冀所有人都像张国荣在《有心人》里唱到的那样凭直觉觅对象,模糊地恋一场。

这种状态大抵只在象牙塔里有过,出入社会后,耳濡目染许多风尘,过了耳听爱情的年纪,怕是再也不能本本真真地痴恋一场。

成长过程里,人会有一段自我矫枉过正的时期,会自己和自己较劲，不敢正视自己的欲望。会对它遮遮掩掩，用性格里的真、善、美对其进行压制。而其实，了解自己的需求没什么不好。在多数人看来，一个姑娘如果选择了钱选择了名利，会被贴上物质女的标签。而其实抛开世俗的眼光，你有没有问过你自己：你真的能够接受一贫如洗的爱情吗，你真的配得上柏拉图式的爱情吗？我想如果可以两全其美，大多数人会都想要的吧。可能有人愿意坐在宝马车里哭，但不会有人喜欢坐在自行车上哭吧。

所以，如果你想要很多很多爱，那你就嫁给爱情；

如果你想要很多很多钱，那你就嫁给钱；

千万不要嘴里说着爱情，心里想着面包，在面对时又扭捏作态，那样的你什么都得不到。

爱情其实挺简单的，什么都不图想和你在一起这就是爱情。可是爱情不等于生活不等同于婚姻，爱情会让你哭让你笑即便这样我们依然期许，而婚姻和生活，没有人愿意得到一份哭着过的婚姻和生活，谁不愿意笑着过日子。

不要和幻想的他谈恋爱

无论多好的感情终究是经不起长期的分离,有时不是感情经不起考验,而是长期的分离使彼此的了解并不健全。

在爱人的路上,因缘际会我们会遇见很多人。
幸运的人,遇见了陪自己一生的人;
不幸的人,遇见了陪自己一程的人。
有时是时间的分离,有时是空间的阻遏。
无论哪种,都是缘分。毕竟相聚总有时。
大学时喜欢一个人,很喜欢很喜欢的那种,然而由于长期异地,最终还是未能善始善终。偶尔还是会翻看曾经因为爱情而收藏的一些泛黄票根,只叹往昔。

那时候喜欢一个人是真的喜欢,想念一个人也是真的想念。所有一切都是真的。没有半点儿虚假。

可以省吃俭用积攒半个月的储蓄只为去远方看一看他。八个小时的绿皮火车并不觉辛苦。窗外的每一帧风景都想与他分享:好看的江南水乡、缭绕的雾霭茫茫,和放风筝的少年。甚至会假想窗外每一帧画里都有他陪着。

只是,无论多好的感情终究是经不起长期的分离,有时不是感情经不起考验,而是长期的分离使彼此的了解不健全。分离使恋爱中的男女活在幻想里，幻想对方是自己喜欢的样子，然而，没有真正在一起生活过的人并不能真正了解彼此。

因为幻想，我们美化了彼此。幻想里的他完美无缺。

我们不知道对方生活里是哪个样子，我们不知道对方有着自己不喜欢的小习惯。而有时正是这些小细节打败了爱情。

所以，如果喜欢一个人，且想和她长相厮守下去，那么尽可能地多去了解她，陪伴她，陪她过每一个情人节，陪她过每一个她可能会觉得孤独的日子。给缺乏安全感的她一份认真。让她感受得到在时间和空间稀释下依然笃定的你。

在真爱面前距离不应成为阻遏。不要和幻想的她恋爱，也不要和手机里的她说情话；

不要让爱情因为空间的遥远而被搁浅，也不要让喜欢的人在花好月圆之日孤身一人。

喜欢她，就去她所在的城市去看她，带她看海带她兜风，带她坐在你的副驾驶，感受她灼热的目光。陪她过每一个不曾起舞的日子。

每个人的生命里都有那么一个人，所有日子你都想与之虚度，即便跋山涉水。

不要因为寂寞而尝试和错的人在一起

也许人只有和不喜欢的人事相处过,
才能明白认真喜欢的感觉多美好。

人常常会在多次情感尝试未遂后因为寂寞而想要一段爱情,但得到的往往不是爱情,而是一种粗糙的心动,仔细想来后自己都会嫌弃的心动。

爱情但凡开始了,便无对错;而人的选择却是有对错之分的。

你遇见一个人,合适不合适,自己其实是可以感应得到的。然而,人却容易陷入一种情绪,这种情绪使人迷恋爱情,迷恋你以为喜欢但却错的人。

急于结束单身,或者渴望爱情,都容易使人盲目。

盲目便容易出错。

和错的人在一起的感觉并不美好,他们使你对自己产生怀疑,怀疑自己不会爱,不够好。

即便如此,人还是会因为寂寞因为需要被爱而跃跃欲试一段可能不适合自己的感情。比如刚来上海的自己。

闺密介绍了个男生,单从形象上就被排除在外了。以自己的性格来看,第一眼喜欢不上的人,多看几眼都会厌烦。然而却因为害怕孤单而试图说服自己。

我尝试和他约会，看他浮夸的表演，听他吹嘘自己每年挣了多少钱，去了什么地方，看了多少演出，听他侃侃而谈。我诧异于自己的耐心，非但没有甩手走人，还听他娓娓道来。

那么傲娇的自己，友好得自己都不认识。

为什么呢？

因为寂寞。因为不想一个人过冬。渴望被人庇护。

所以，降低自己的标准。

那是我人生里第一次违背自己的本意。

虽然没有产生多少伤害，但想到自己那样违背过自己，自己都会嫌弃。

也许人只有和不喜欢的人事相处过，才能明白认真喜欢的感觉多美好。

有很多人在一起是因为样子，因为钱，因为性，因为寂寞；但无论哪种，最后终归都是要走心的，否则终究是会散的。

人如果因为一时寂寞而选择和一个错的人在一起，那么想必此后的日子会更加寂寞吧。

去爱下一个也许对的人

爱时认真爱,不爱时好好说再见。

我偶尔悲观,不相信圆满;也偶尔乐观,觉得一切皆有可能。

想起早些年的爱情,唯美得像童话;望一眼彼此,回味整个夏天;牵一次手,心悸半场青春。没有钻戒,没有玫瑰花,一切都来得真心实意,没有半点儿虚假。

我们幻想灰姑娘会遇见王子,我们幻想自己会是那个幸运的人,

仅此一生,只爱一个人。

然而,现实是,爱与伤害、别离相伴。有人一场分离耗尽所有热忱,忘了如何爱人,忘了如何认真。也有人一次别离学会了走马观花,珍藏不起太刻骨铭心的白首不相离。

关于爱情,我们有太多困惑:究竟是一生只爱一个,还是给自己一些选择,积累经验,去爱下一个也许对的人?

gongjun 说:想一生只爱一个,但现实告诉我们好难。

雨来了时说:不是找到一个对的人,而是努力成为

那个对的人。

兰亭序说：我们都想一生只爱一个，但有时不得已要去爱下一个也许对的人。

施婼说：宁缺毋滥，但若是没能遇见对的人，也只能当作经验了。

墨沫说：谁又知道下一个就会比上一个更对呢？对于爱来说，什么样的标准才符合"对的人"这个定义呢？

付之诺说：都是对的人，只是不同的人让你成为不同的女人。

水光潋滟说：一生只爱一个很纯净，如若换了好几个不是谁都能断得了，属于前任的回忆不是换个人就能忘的。

菜菜说：爱情没有界定，只要是对的人，只要还单身，无所谓独爱或多爱。

文晨宇说：这句话让我想起人们对"专一"概念的分析，专一到底是爱一个人一生还是爱一个人的时候就好好爱这个人。爱情绝不是傻傻地只爱一个人，爱情应该是我爱你的时候，你要配得上我的爱；如果你配不上我的爱的时候，那么不好意思，慢走不送。

在我看来，爱如卡佛所述，我们都不过是爱情的新手。

所以,爱时认真爱,不爱时好好说再见;

可以一生只爱一个人,也可以爱每个阶段你觉得对的人,不画地为牢,不故步自封,像不曾受过伤一样去爱下一个也许对的人。

慢半拍

没有具体的开始也没有象征性的结束。

我有一个朋友——慢半拍。做什么事儿都一副皇上不急急死太监的样子，对待感情尤甚。慢半拍长得算不上好看，但也不难看，加之稍有点儿才华，会舞文弄墨，所以异性缘还不错。

慢半拍有很多自己的小秘密，但也有很多自己的小倔强，所以极少有人知道她的小秘密。确切说，她是个会隐藏自己情感的人，喜欢如此憎恨如此爱人也如此。慢半拍有很多异性朋友，他们喜欢找她聊天、逗乐子，抑或谈人生。慢半拍性格算是良好，几乎不会太高冷。所以一般情况下，和他们都聊得挺欢。但慢半拍有个不好的地方，就是有时会很迟钝。她总是脑子转不过弯似的，在关键时刻掉链子。譬如对方提到感情时，她总是死机。对方说，你给我介绍个女朋友呗。她真的会热心肠地问什么条件的。对方说，就你这样的。她真的会说，我帮你物色物色。再譬如，对方问她周末干吗啊，有没有时间。她真的会告诉对方，周末干吗干吗。完全get不到对方的用意。是的，这就是慢半拍，思维永远和别人不在一条线。

她也搞不懂她那平日还算机灵的脑袋瓜里装了什么，对待感情总是一知半解地随便领会。所以慢半拍分手后一直一个人单着。她觉得自己是个深情的人，不可以在太短时间内喜欢一个人。所以她近乎命令似的告诉自己不可以太快喜欢一个人，也不可以太快交付真心。无论对方甜言蜜语还是无微不至，她都可以做到无动于衷地冷处理。

慢半拍有个优势，一副弱不禁风的模样，没有攻击性，这使得她异性缘不错。她和他们关系很好，什么都聊，但是她很少静下来思考他们的关系是友情还是其他。似乎在她看来他们都是她的朋友，如果对方不直接来一句"I Love You"，她都不会往太复杂的感情上联想。譬如，对方说，做我女朋友呗，她会一句话噎死对方，你这样的我没考虑过啊；对方问，想我没？她会二百五地回答，脑子有泡啊！对方暗示，就我觉得你挺好的，要不咱俩试试？她会不着调地问，试试啥？对，这就是慢半拍的思维模式，鲜少暴露自己的喜好与感情，对一切都一副你可有可无的样子。

在单着的这两年多里，慢半拍遇见过喜欢自己的人，也遇见过自己喜欢的人。但独独没有遇见频道一致的人，确切说不是对方频道不对，而是慢半拍总是慢半拍。在对方示好她时，她总是在晃荡的路上；而等她晃明白之后，示好的人已经晃在了其他路上。所以，她总是迟缓很久才能明白对方的用意。甚至她分不清对方的示好是友情还是爱情，或许有时她感觉到了什么，但过分的自我防备使其不愿对不确定的感情过分思虑。她本能地抗拒一切自己陌生而不熟悉的感情。所以，她总是错过打开一段又一段的感情。我不知道她会不会遗憾，但至少难过过，为自己的慢半拍。

毕业后，慢半拍怀揣着二百五的决心，一个人毛遂自荐地去了时尚杂志社。上班第二天有个陌生人加她QQ号。她问，你谁？他回，你不认识的人。慢半拍再也没多想，以为是快播上的不良少年。

那时的慢半拍未经世俗，眼波流转里一派纯真，爱笑，一笑起来就没有个止境。她时常和公司小姐妹一起吃饭，这些小姐妹里有个长得不错的少年。吃饭时他会故意坐在她身旁，可她是个二货，总是将位置让给其中一个喜欢他的姑娘。嗯！慢半拍最喜欢做的事就是乱点鸳鸯，成全不可能的人。

他们一起吃饭，一起下班，一起坐地铁，但她几乎从来不曾想过他会喜欢她。他问她人人，问她豆瓣，问她微博。她智障似的，什么都不会玩。她的世界已有心有所属的人，再也无心看其他风景。那时，她有个自以为会结婚的男朋友。所以除她男朋友之外的任何男人都引不起她的兴趣。所以那时候出现的每个人都是错误的，包括他。所以他只能远远观望。偶尔交集，他找她聊天，也仅仅只是聊天。

那年她二十三岁，有着小姐脾气，无比任性，受不得任何人的训斥，所以在不到一个月内便辞职离开了她怀揣着满满热忱喜欢过的时尚杂志社。故而，他们只做了一个月的同事。

离开时，那个陌生的QQ号突然亮了起来。

他：你要离开了？

慢半拍：嗯。

他：猜到我是谁了吗？

慢半拍：有病啊，我怎么知道你是谁。

他：真的不知道？

慢半拍：嗯。

慢半拍关掉电脑，一个人走出去。

他出现在楼下，对她微笑，笑容干净而明媚，看着让人心情大好。

她刚刚湿润过的眼角被这笑容晾干了。

如果没有男朋友，兴许她会喜欢他吧。

那一瞬慢半拍好像突然明白那个陌生QQ的主人是谁了。

他给她一个拥抱，她笑笑离开。没有回头。

她想，他们应该是萍水相逢，不会再有交集。

时间过了差不多一年，慢半拍恢复了单身。

他们之间的联络频繁起来，他陪她失恋，陪她聊天，陪她度过漫漫雨季。

男生有吸引她的外在条件——高帅，也有吸引她的内在条件——深刻，是她欣赏和仰慕的类型。但是他们的关系并没有再进一步。

他约她出去散心，她不去。

他约她出去看电影，她不去。

他约她出去吃饭，她还是不去。

我至今都不明白慢半拍怎么这么慢，对一个人满满的热忱回馈得那样冷淡。可能她是个胆小鬼，害怕一切伤害，所以她本能地缩回壳里保护自己。然而，她并不像她表面看起来那样干脆利落。她一个人会思忖很多很多，而谁都不知道她内心情愫暗涌过。

她把甜言蜜语说给不相干的人听，她把浪漫天真表现给不喜欢的人看，独独会在喜欢的人那里失去分寸。

说到底她是个心智不完善的姑娘，对待感情总是过分矜持。

有次男生好不容易约她成功，一起吃饭时男生有点调情似的意欲喂食她。她头一扭别了过去，男生尴尬地吃掉刀叉上的食物。过马路时，男生有意地牵她手，她抗拒似的收回去，男生尴尬地摸了摸自己。所以男生以为慢半拍讨厌自己，失落落地回了去。而慢半拍还没意识到发生了什么，也失落落地回了去。

回去的路上，不知所以然地想起前任，泪流满面。她习惯了前任无限纵容她的相处模式，所以对于其他人的稍有不适便难以接受。确切地说，她已经不太了解自己，也不太了解男生。她自顾自地生活在自己的思维模式里假寐。她渴望倾其所有的好，渴望不掺杂任何杂质的感情。所以对于他人的喜欢，她有过高的期望，认为喜欢就会全力以赴，认为每一个人都会像她前任那般无止境地宠爱她。而这世上感情那么有限，哪里有那么多倾其所有。聪明的女孩不去期望，对得到的每一分都格外珍惜。恰恰慢半拍是个渴望得到太多的人。

她可能是个习惯被保护的人，无论亲人朋友抑或恋人，都给了她满满的宠爱，以至于她以为但凡喜欢她的人都会这样对她，而如若不是，就是不够喜欢。她追求过犹不及，甚至十分偏执。

男孩时常在QQ上问，就我陪你聊这么多，你不打算谢我一下？有时还会暧昧地问，想我没？甚至调侃说，我觉得你挺好的，做我女朋友呗。

慢半拍总是玩笑对待，对随口说出来的喜欢和爱本能地打了两折。她不明白这是试探。她总觉得这种方式太过玩世不恭，不必当真。

可能这世上有一种人不善于表达感情，也有一种人拼命掩饰自己的感情。不是不喜欢，也不是不会表达，是害怕被人窥见自己的感情，所以会口是心非地掩饰，言不由衷。似乎唯有这样才可以捍卫她那强烈而骄傲的自尊。她害怕别人窥见她的喜欢和在乎，即便内心戏演了很多遍，她也能矜持地掩饰好自己。所以有时她宁愿错过，也不愿正视自己的感情。

后来，慢半拍离开时，男孩为她践行，借着酒精勾兑了一些小情话。慢半拍假装没有明白，一座空城而已，留下来做什么呢。男孩试探着问，你有没有想过我们在一起生活的模样，你有没有想过我们尝试着开始？慢半拍二百五地回，开始啥啊，我们那么不适合。男孩说，你没试过你怎么知道呢。慢半拍情商简直逆天了来了句，我不是那么随便的人。所以，当慢半拍回头看自己过去时，她都忍不住想抽自己一巴掌。

那是个夏夜，他陪她坐在公园的长椅上，很晚很晚才回去。

她想他们会别离，彻彻底底地别离，只字不提"感情"二字。

他问，要不要去车站送你？

她回，不用。

他不再说话，想要揽她的手停在了半空。

出租车越走越远，她看着他消失在夜幕里。

你知道，我心里有过你。

再后来，慢半拍又一个人回来了。回来的原因很简单，除了喜欢的事之外，这里有他，有一个可能的念想。但他并不知道她这隐秘而伟大的决定。

其实，她到底是个感性的人，无论看起来多么理智。

听说她回来，他很高兴，意欲去接她。而她却说，不用，我一个人可以打车回去。而打心底她多么希望他去接她啊。这样的口是心非，着实令人费解。我不知道这种性格形成的缘由，但想必一定藏有许多原罪。前任成了慢半拍心里无法逾越的坎。她觉得自己再也遇不见那般待她好的人。

如果说这世上真有灵魂伴侣，那么他是懂她的。她喜欢心理学，他便带她一起玩；她喜欢哲学，他便深刻给她看；她喜欢写字，他便借她自己看过的觉得好看的书。某种层面他们是很有默契的，但她总觉得少了点儿开心。所以不知是有意还是无意，她慢慢地，冷冷地，不表现也不迎合，久了，男孩觉得她不喜欢自己，在接二连三被选择性地婉拒后选择放弃。

他们就这样擦肩而过，没有具体告别的缘由。任凭时间差遣这所剩不多的缘分。

记忆里，她一直记得他看她的眼神，是一种渴望近又带着疏离的远，隔着万水千山，舍不了但也得不到。

他不理她的日子，她有点儿失落，但她并不打算做点什么去挽留，对于一切可以逝去的感情她都不挽留，无论多么在乎。仔细想来，单着的这几年年，她从来不曾放开得去喜欢过一个人，也不曾认真对待过自己的感受。她一直在克制自己的情感，深怕一不小心受了伤。

不久，她身边又有了新的小伙伴，她不再失落。但她始终没有爱情。不是没有遇到也不是没有喜欢的人，而是她习惯了这样被动地等一份花好月圆，但鲜少有人给得起。一个人可以等一个不去反馈的人多久呢，毕竟大家都不再是小孩子。

她是个笨拙的人，比一般人都需要爱情，可是在爱情来临时总是不得要领。她喜欢在熟识的人面前撒娇耍点儿小聪明，却在外人面前伪装得无坚不摧。她不知道自己怎么了，明明是有感觉的却总能表现出若无其事的样子，且任凭错过。她有个错误的爱情观，她希望她所遇见的那个人给得起她满满赤忱，不带任何杂质，没有太多世俗的考虑，笃定而认真。可是谁对谁能够做到百分百的纯粹。

对于错过的感情，她会安慰自己，错过的大抵是不适合自己的。所以，她很少遗憾，但会难过。对一段又一段无疾而终消失的好感感到深深的歉意。

这就是慢半拍感情里的一段故事，没有具体的开始也没有象征性的结束。一切都缓慢地进行缓慢地结束，有着玫瑰色的暧昧，但并未绽放。

而其实慢半拍并非真的慢半拍，她只是习惯了用钝的方式处理一切她不擅长或没有把握的事。她害怕伤害，便将所有情感包裹起来，炙热或冷却。她不相信一见钟情，所以对于他人突如其来的闯入总是莫名不安。然而，她这样拼命地保护自己的同时也错过了真心。

她总是克制而自省，不想再错过，便去询问朋友，她在感情里犯了什么病。

　　朋友回：太矜持。

　　她：那这属于情商低的表现吗?

　　她朋友：不愿意表达就不是，表达不出来就是。

　　她：那不愿意表达是个什么鬼?

　　她朋友：可能你从小受到的教育太克制。

　　她：那慢热呢?

　　她朋友：那可能真的是情商低。

　　窗外是黑，我写的慢半拍在深夜失眠，她想她可能错了。

年轻的忧伤

Past

如果你曾在下雨天搬过家，
在深夜一个人去过医院，
在最时尚的都市圈遭受过冷漠，
在炎炎夏日辗转了多个公司，
就会懂得：你舍不得的不是梦想带来的成就，
而是为梦想倾注的那一份执着。

Now

可能我们每个人都想要好的爱情和好的生活，
当现实没有给予时，
或者现实给予的与我们想象的有出入时，
我们会失落，会觉得委屈。
因为没有办法看广袤的天地，
所以整个格局都局限在生活里，
人也跟着变得狭隘起来。

Future

这些年,你放我一个人去生活,
到底是好还是坏?
目前为止,生活都没有给我想听想看到的答案。
我开始害怕你等不起我所能给予的有生之年,
和这生命不能承受之轻。

我年轻的时候

我年轻的时候，有过很多欲望，
想要爱情，想要梦想，还想要尽情挥霍。

我年轻的时候，有过很多欲望，想要爱情，想要梦想，还想要尽情挥霍。为了逃离父母的庇护，只身一人去了北京，成了名副其实的京漂一员。像所有热血沸腾的二逼青年一样，我努力，积极，向上，并梦想着有朝一日能够成为那牛X的谁谁谁。

为了成为期待的自己，朝九晚五，开始了所谓的"白领"生活。

去过一个叫金融街的地儿，那天雨下得很大，在大厦的卫生间里练习了很多面试有可能会问到的问题，一遍一遍。我希望获得那份职位，尽管自己并不喜欢，但为了不啃老不寄生，决定暂时将就。然而，比起那些准备充分的人，我，还是被淘汰了。一次次失败的面试经历使自己明白：你没有任何经验，也非名牌大学毕业，在人才济济的北京，你毫不起眼。

面试结束的时候，天灰灰的，像极了当时的心情。

从写字楼里出来，眼泪毫无征兆地蹿了出来。那一霎，茫然、无措，对未来充满沮丧，不知道自己该干些什么。那个自以为不可一世的自己，在认清现实后收敛了许多。开始懂得：这世上牛X的人太多，而自己实在是不值一提。

在北京去的第一个地儿——三里屯。

一心想要体验生活的我在那里了解到了生活的真实模样。时常在下班后，一个人坐在三里屯的马路边，看人来人往，有人衣着光鲜，有人衣衫褴褛。同一幢大楼，有人在这儿光鲜生活，而有些人只是苟且生存。

在北京去的第一家公司——新锐时尚杂志社。

一心想要跻身时尚圈的自己在那里了解到原来喧嚣浮华不过如此。

第一次跟拍model，一个人拎着大包小包，从世贸天阶辗转到蓝色港湾，兜兜转转了很久，才将所有衣服完璧归赵。很晚才回到家的自己，次日斗志昂扬地出现在公司时，换来的是女上司的问责。我默默地去了卫生间，对着镜子smile，笑着笑着，眼泪还是不争气地掉了下来。

那时，对社会的幻想总是太过天真，总觉得未来会好，相信坚持的意义。

每当有人问，你到底在北京坚持什么的时候。

我总是沉默。

他不会懂得，那些付出于自己而言多么意义重大，尽管在别人看来极其微不足道。

可，那是我微不足道的，小小梦想。

我想，每一个为之努力过的人，都会懂得那一份来之不易。

如果你曾在下雨天搬过家，在深夜一个人去过医院，在最时尚的都市圈遭受过冷漠，在炎炎夏日辗转了多个公司，就会懂得：你舍不得的不是梦想带来的成就，而是为梦想倾注的那一份执着。

我偶尔会想，假如重新选择，会不会毫不犹豫地选择一份安逸，再也不要一个人颠沛流离，委屈着说与他人听时，换来的不过是一份无关痛痒的安慰。

而今看来，曾竭尽全力想要追逐的，已经不那么重要了。相反，那些在追梦的过程中被遗失的美好，却越发显得弥足珍贵起来，甚至会开始怀念，怀念那巷子路口我们一起吃过的烤串，落日余晖下一起奔跑过的他们。

然而，这并非说明自己是个心智成熟的年轻人。和很多人一样，有很多怎么想都想不明白的困惑。

那时的自己，异常矫情，希望难过了有人陪，生病了有人宠，失落了还有人鞍前马后。可是，慢慢地才知道，成长的过程中会有人伴你一时，但不会有人陪你一世。父母会年老，爱人会离去。所以，你注定要一个人面对人生的众多别离，或惊或喜。

除此外，还不满足于一份爱情，不甘心于就这样和一个人厮守一生。所以不遗余力地去折腾。只是折腾累了，方才明白，不是每个人都会对你说早晚安。有些东西，失去了就是失去了，再也不能拥有。

后来遇见很多人，每个人都在寻找爱情，可每个人都在计较和衡量。也曾贪恋他人的追求和爱慕，并以此为荣。

现在看来，原来也曾如此这般肤浅过。明明有很多很多缺点，却还迫不及待地向世人展示，并希望世人接纳。只是但凡能够展示的幸福多是源于内心的惧怕和虚荣。

或许每个人都有一段不好的日子

有一天，这一切都会过去，
再怎么累死人的爱，再怎么累死人的恨。

或许，我们每个人都有一段不好的日子。在那段不好的日子里，你明明想要努力变好，可是却什么也做不好。你想有一份差不多的工作，简单地解决温饱，而现实给你的却是石沉大海的杳无音信；你想在繁华的都市有一间自己的小房子，不用太大向阳就好，而现实给你的却是无止尽地颠沛流离；甚至你想有一个疼爱你的人，知你冷暖，而现实给你的却是一堆人渣。

除此之外，生活里还时常有一些意料之外，让你措手不及。譬如，早高峰时，你怀揣着不到一百块的钱包挤公交，满头大汗地挤完后发现钱包丢了。生病了，起早贪黑地去医院排了老长老长的队，到你时，医生说没号了。出门见客户，好不容易找到一身得体的衣服穿过去时丝袜脱丝了；朋友过生日，你别出心裁地订个冰激凌蛋糕，兴致勃勃地拎过去时化水了。请人吃饭，刷卡时余额显示不足；去看电影，遇见前任一脸春风。加班赶稿的下雨天，一个人回家，打不到车……你不知道自己哪里做错了，全世界都一副苦大仇深要伤害你的样子。

你在那样不好的日子里，一个人，一天天，挨过去，无比笃定也无比沮丧。你不知道这样不好的日子还要坚持多久，也不知道这样不好的自己何时才能变得优秀，想放弃却又心有不甘，想坚持却又害怕太过艰难。你第一次感到未来遥不可及，梦想太过单薄，而现实又太过汹涌。

很多个夜晚，你沉沉睡去，醒来时发现枕头上的圈圈泪渍。然而即便如此，却还是要在工作时伪装成斗士，俨然一副打鸡血的样子。你看起来好像很好，没人知道你一个人在深夜哭泣过。是的，没有人知道。你假装的很好就这样骗过了所有人，连同你自己。直至有一天，无论多么糟糕，你都能一个人笑着面对所有。失恋、失业、生病、被误会、被指责，总之曾一度使你玻璃心的事儿再也不能随便使你伤心。

后来的后来，你不但不会随便伤心，还能自嘲自黑。你真正做到了就算衰到爆，也会穷开心。钱包丢了，也不会愁眉苦脸，而是会调侃道：次奥，这小偷眼光不好使嘛，这么穷都偷。去医院没挂上号，会安慰自己,还好好活着呢挺好的。丝袜脱丝了,会自黑道:估计要引领时尚潮流被路人甲艳羡了。被中介黑了,会自嘲道:长这么大谁还没被黑过,不过千万不要让我翻身做地主。遇见前任,会大度祝福:看见你过得好,我就放心了。失恋了,会自嗨道:旧的不去新的不来。被误会了,会自解道:不过误会一场,何足挂齿。

就这样,你一个人苦中作乐地默默消化了所有,开心的难过的。你说这样容易快乐。尽管不是每个人都知道理解你的不带心肺,就像不是所有人都理解你的糟糕。可是没关系,你学会了为自己取暖,不再替别人为难自己。生活便是这样,但凡生而为人,就难免会染上俗世悲欢。太过计较的人,不容易开心。

相信很多人都曾有过一段过度难为自己的岁月,什么都想要,想要不劳而获的爱情,想要一蹴而就的成功,可现实什么也没给。有时不但什么都没得到,还失去了原本属于自己的那些天真快乐。整个人开始变得不好,敏感、多疑,甚至怀疑整个人生,将所有的不满情绪布施于现实的不公,却忘了自己能够给予现实什么。然而,越是抱怨越是失去。直至有一天现实给自己一个当头棒喝,才发现能够失去的已几近失去。而其实,有时失去是一件好事,它提醒你该检讨自己的人生了。

一无所有也会给人勇气。当失无可失的时候,唯一能感知这些喜怒哀乐的无外乎是那颗看似强大但敏感的心。所以,只要不失心,一切就都是好的;所以,所有生活为难我们的,都不值得耿耿于怀。

犹如蔡康永所述:

有一天,这一切都会过去,再怎么累死人的爱再怎么累死人的恨。

失眠、被冤枉、塞车、太穷了,会过去;

被轻蔑、被迫说谎、被迫承认自己改变不了什么,或者长得不好看,都会过去。

成为美好的一部分

不惹眼，不闹腾，不勉强自己。

又一次很早醒来，天还微醺。

这像是一间被下了咒语的房子，让人没有办法在合适的季节冬眠。

将台灯打开，昏黄的光和着暗影，令人感到踏实。新长的发完完全全变黑，由秋入冬的皮肤过敏终于也得以缓和。时间果然是极好的，它不动声色地带走伤害，让我们变得稍微有点儿通透明了。

计划中2014年原本是应该略带光芒的，可现实是我浪费了它的存在价值，故而也荒芜了自己。是的，我并没有全力以赴，也没有心无旁骛。我将所有的精力孤注一掷地浪费在自以为是的自我沉溺里，且不可自拔。直至有日看见他人走了好远，才明白自己慢了许久。

在这个需要奔跑的城市里自我放逐似的慢了下来，甚至略带刻意，面对现实主义，只希冀自然而然地水到渠成，而非违和促成。也许稍微努力一点点稍微聪明一点点，现在便不会是如此这般光景，至少不用这么辛苦地为难自己。可有时人会跟自己执拗。

在这些我执里,观看打马而过的每个人。每个人有每个人所追求的东西。有人追求的是功成名就,也有人追求的是一饭一蔬,而自己追求的不外乎是一个势均力敌。是的,如果可以,希冀自己的生活、感情、工作,都是势均力敌的,而不是因此失彼的状态;也希冀它有尘土,有星辰,也有烟火,有不能承受之重也有可以承受之轻,不过分耀眼也不过分平庸。

虽未曾经历人间百态,也看过险象丛生,但即便如此,还是相信这世界有许多美好的事物,而我想成为其中一部分。

我想,当一件事物美好至让人不忍心破坏时,它不用失去其原有风貌,便能得来捧在手心的满满宠爱。因美好而被宠爱,而非讨好而被偏侍。

关于这个世界,你不快乐什么

明明岁月静好,却还是会时不时地庸人自扰。

有很长很长一段时间不快乐。我抑郁,消沉,甚至有点神经质。体内像是隐藏着许多不为人知的黑色情绪,它们扰得我心神不宁,坐立不安。它们使我整夜整夜地失眠,整日整日地萎靡。于是我用哭泣,厌食,恐惧,不安,甚至几近崩溃来抗拒这些不快乐。可是,越是挣扎越是不快乐。

我曾那么热爱生活热爱工作,可是那段日子那些曾使我热爱到极致的人和事,也不能使我兴奋了。每日我无所事事地挂在网上,一遍又一遍地刷屏,看QQ看人人看微博看豆瓣,似乎企图从那里得到一丝安慰,但就是不愿意看看自己的内心到底怎么了。

为了让自己看起来正常,还拼命地掩饰自己,晒图片晒幸福晒各种欢颜,于是周遭的人真的以为我很快乐,是的,你笑起来的样子那么欢愉,哪里像是病了呢?于是,我承认了自己很好,即便是假装的很好,即便成了一幅"无泪的悲伤"。

那段日子,还不爱说话,不爱联系人,甚至连亲人朋友都懒得去理睬。一方面是怕他们窥见真实的自己，另一方面是不愿让他们失望。是的，你曾是那么积极那么努力那么向上，怎么就忽然之间颓废了呢？这怎么可以让那些在乎自己的人窥见呢？这怎么可以被自己在乎的人嘲笑呢？那段日子人像是被扭曲了一般，常常歇斯底里，甚至连朋友的一个微表情都能使自己浮想联翩，更别说关心了，总觉得那关心里藏着矫情的虚妄。是的，我敏感到草木皆兵。

也许是太想要证明自己了，太急于成长了，以至于被膨胀的欲望迷失了自我。犹如这个时代的青年，能够把自己安排对的很少。越是聪明的人，越是容易有欲望，越不知应在哪个地方搁心。譬如某处看见一句话：官员读博，学生打工，教授走穴，老板讲课，每个人都生活在"别处"，大家都好像是全面发展，其实都没把本职的工作做好。

年轻的时候，很容易被他人的期许推着走，也太容易在他人的期望值里成为不是自己的别人。明明岁月静好，却还是会时不时地庸人自扰。想要爱情，想要梦想，还想要生活，把自己折磨得像个饱经沧桑的老人，忧心忡忡。

有时候，总抱怨是世界扭曲了我们，所以不快乐，却未曾思考过，不是世界扭曲了自己，而是自己扭曲了自己。

或许，我们每个人都有一段暗礁，那段暗礁是你背向聚光灯，将光鲜美好展示给了别人，自己一个人压抑了所有不快的日子。

那段暗礁是你以为自己快要不行快要崩溃然而最终却成功出逃的日子，是日后回想起来连自己都会被感动的日子。

和很多人一样，一边想着在大城市实现梦想，一边又想着逃离。逃离水泥森林逃离格子间。我以为逃离后会容易快乐。我以为我所有的困扰，都是这座城造成的。于是辞职离开了这里，去了自己梦寐以求的江南水乡。那里绿树荫荫，芳草凄凄，的确美妙许多，可是快乐并未如期而至多少，倒却怀念起突兀的北京，怀念那里的灯火、那里的故事，和那里的不足为外人道的梦想。

原来，快乐或不快乐，和城市无关。

在辞职之前，挣扎了很久：

离开北京去南方，自己适合做什么工作？

需要多长时间才能找到一份自己喜欢且擅长的工作？

万一不适应那里的生活怎么办？

万一失业很久怎么办？

给自己制造了很多问题，每一道都足够使人烦心。然而当真的去面对时，却没有想象中那么恐惧那么害怕，反而顿悟了许多。也许生活在哪都不易，我们没有必要拈轻怕重。

换一个地方幸福

很多人想要逃离的原因，

无非是希冀换一个地方幸福。

人这一生有很多种活法，有人是结婚生子安然一生，有人是功成名就辉煌一世，也有人是闲云野鹤恬淡一辈子。每个人心里都有一个执念，可能是爱情可能是梦想也可能就是生活本身。那么自己呢？在价值观没有正式形成之前，一直觉得自己是个没有执念的人，并不知道自己想要什么，但很清楚自己不想要什么。所以对于不想做的事，哪怕流光溢彩，也不会去做；但一旦下定决心想要做的事，即便荆棘遍布也要亲力为之。这样的性格注定吃尽苦头。

没有人喜欢吃苦的生活，我也不例外。每当我看见自己闺密朋友过着自己艳羡的生活时，不是不失落的。我和她们一样的年纪、一样的成长背景、一样的平凡普通，可是却过着不一样的生活。她们中有人过着小富即安的生活，相夫教子；有人嫁入豪门，成功进阶为贵妇；也有人出国深造，自我实现。而自己呢？每每这时一无所成的我是失落的,甚至有点怨怼。为什么有些人不用努力就可以过得好?为什么有些人姿色中庸也能嫁入豪门?为什么她们都过得比我幸福?所以,我觉得自己所有不快乐的源泉源于比较之后的差距。当然,这并不是说我爱慕虚荣贪念权贵。对于朋友圈里的纸醉金迷,我并无多少概念。但是对于他人的幸福,却心生觊觎。

归根结底,是自己太渴望幸福,所以才拼命想要逃离,而究其原因,无非是希冀换一个地方幸福。可是谁能保证换一个地方就一定会幸福呢?而如果一个人把自己打磨得很好,那么他在任何地方都会幸福吧。

这些年的任性妄为,虽然看似无所获,其实自己知道是有所获的,在心智上在自我相处上。也许这便是等风来的寓意,可能每个人都要经历一段这样不安但却也只能沉默不解释不攀附的岁月,方能随心所欲。就像小时候喜欢把玩的风车,所有的寂静都只是在等风起旋舞,犹如人生某个时段的隐忍亦是在等云卷云舒。所以命运给的,好好收着。如果努力了,命运依旧赐自己一生劳碌半世流离,那么这可能就是命。而如果不努力,还希冀自己集万千宠爱于一生,实属痴人说梦。

在工作上,没有多大的野心,并不渴望功成名就,一心追逐的无外乎是"自由"二字。即,有朝一日能够成为有资格纯粹的人：想做的时候能够全力以赴，不想做的时候谁也勉强不了，且没有多少功利色彩。

在与人交往上：小时候以为每个人都是善良的，可长大后会发现其实多数人身上都有多种人格，简单的"好坏"二字概括不了。所以有些人我们既喜欢又憎恶。所以，有些关系也就相对脆弱许多。毕竟没有人喜欢为难自己。小时候的情谊相比长大后要牢固许多，不会因为一句话不中听而断了联系，也不会因为一段时日不联系就陌路了彼此。那样的情谊无须精心维护也能生长得枝繁叶茂，而长大后的许多情谊总是需要小心翼翼方能绽放几许。这样的关系，对于一个懒人来说，实属冗余。

在对待感情上：我开始承认不是所有人都会喜欢自己的事实。人都是希冀被喜欢的，即便自己不喜欢，这是人的虚荣心作祟，男女皆有，无可厚非。只是别用你的虚荣心来过度索取对方的喜欢就好，毕竟你给的太多假象容易使沦陷的一方信以为真。

世界之大，无非希冀有处可栖；丛林之广，无非希冀有枝可依；所以这一切游戏规则皆有据可循。无论规则多么复杂，只希冀有朝一日能够随心所欲地做自己。不贪念他人目光，只问内心不问结果。

漂泊

Past

人在失落时还是希冀有个随时可以供养爱的避风港。
而其实,
当身为子女的我们在做出离开父母到远方的决定的那一瞬间,
就应该明白,
外面的世界没有别人,只有自己,
此后生活里的爱恨别离他们再也无能为力。

Now

你在感情里遭遇的欺骗与背叛,
你在工作中遇到的委屈与辛酸,
你在失眠时的辗转反侧,
甚至你一个人在冬日长安街的啜泣,
都只能一个人默默消化。
逐渐苍老的他们再也负担不了我们人生里的任何悲喜。

Future

我相信一定有很多年轻人,
独自在不是自己的出租房里挨过很多暗无天日的日子,
甚至想要放弃想要逃离,
可是黑夜之后却又仿若新生般活了过来。

**我相信一定有很多年轻人,
独自在不属于自己的出租房里
挨过很多暗无天日的日子,
甚至想要放弃想要逃离,
可是黑夜之后却又仿若新生般活了过来。**

妈妈也是会老的

她尽可能地给予我她所有一切能给予的,就是希望有一天,我能成为她想成为而未能成为的人。

妈妈是个美人儿,有双好看的眼睛,笑起来弯弯的,可是里面有着我看不懂的神情。很小很小的时候,她时常一个人坐在屋子里,眼眉低垂。这时的她好看极了,但我并不喜欢。是的,我不喜欢她哀伤的样子,尤其是她眼里的那股悲伤。所以,从小我就很会笑,每当我笑时,便眼睛弯弯嘴角上扬,那是大家喜欢的样子。

我也不知道幼小的自己为何那么抵触这些忧伤的情绪,尽管后来理解了。

那时,我算是邻居家孩子眼里艳羡的宠儿。他们费尽心思得到的,我可以轻易拥有。但凡自己想要的,只要妈妈力所能及,都——满足。

妈妈并不是个花钱大手大脚的人,对自己向来节俭。她很爱美,喜欢好看的衣服,喜欢漂亮的首饰,但很少舍得给自己买。

而我并不喜欢她的朴素。

小时候,如若遭逢下雨天,妈妈会去学校接我,每每这时我都刻意和她保持一定的距离。因为在我看来,妈妈的打扮实在不入时。我年幼而敏感的自尊心和虚荣心驱使我有意或无意地伤害了她,然而我并不知情。少不更事的自己体会不到她的难过,也懒得体会。

小二时,妈妈生病,我被送到奶奶家住,爸爸带她离开了一段时日,说是出去办事情。别的孩子可能会哭,会闹,会舍不得。可是我没有,我迫不及待地盼望他们离开。

我诧异于自己的冷漠，也意识不到事态的严重性。

再见到他们时，是春天了，妈妈的病好了。

我没有像其他孩子那样跳跃着跑过去娇嗔。在她眼里，我看到了落寞。哦，原来那个我看不懂的神情里有一种叫作落寞的情愫。

我跟着他们回家，上学、吃饭、睡觉，很少和他们交流。每天走时，会跟她说："妈，我上学去了。"回来时，会说："妈，我回来了。"而后安静地吃饭、做作业、整理书包和次日穿的衣服。邻居都夸我乖巧懂事。妈妈甚是满意。爷爷奶奶也引以为傲。好像我是个不用操心的孩子，学习从来不是问题。而其实他们不了解我。

再稍微大一点儿时，我想和他们情感共振，我渴望被照顾到内心的感受。可是他们没有。我变得越发沉默。兴许沉默是有意义的，它让我对文字变得敏感。他们只是把我看作一个孩子，一个什么都不懂得孩子，给予过分的干涉和保护，这令我叛逆。

在家里，我还是一如既往的安静，他们觉察不出我的变化。而在他们视线之外，我开始逃课，甚至裸考。因着老师的偏爱，这样的频率越来越高。甚至在那年期末考试时，我偷偷改了分数。是的，我没有成为全校的前几名，没有拿到奖状，我所有的优越感在那场考试里跌落下去。这时，我已经稍微懂事，想象的到妈妈眼里的神情，会是失望。然而我并不想她失望，所以我选择善意的欺骗。兴许她猜测得到，只是没有揭穿，仅此而已。

打小开始，妈妈就寄予我很多愿望。她培养我，尽可能地给予我她所有一切能给予的，就是希望有一天，我能成为她想成为而未能成为的人。然而，我并没有按着她的愿望生活下去。我比她想象的叛逆许多。

直至有一年冬，外婆离世，我方才收敛对她有意或无意的伤害。

因为不曾一起生活过，只是偶尔见面，所以和外婆的感情向来疏离。那天，我在舅舅家的楼上睡觉，凌晨五点左右，楼下慌乱了起来。睡在我身旁的表姐突然大哭着跑下楼去，我木讷地站在楼上，不明白发生了什么。"死了？姥姥死了？"我脑海里琢磨着这几个字眼。"死"是一种怎样的体验呢，不是说会使人难过么？为何我体会不到。是的，我体会不到，我没有哭，像旁观者一样看他们或哭或慌乱地来回穿梭。

而后妈妈赶来了。她那双好看的眼睛里有浓烈得近乎使人窒息的悲伤。在我望向她眼睛的那一瞬，眼泪夺眶而出。那是一种莫名的情愫，仿佛对生命隐约感到了什么。也许，有天，我的妈妈也会像妈妈的妈妈一样离去，而后世界就只剩下我一个人。

那之后，我慢慢地试着在她面前撒娇、淘气，和调皮。是的，我把我蓄意隐藏的童心一部分一部分地释放于她，希望和她拉近距离。那时我才知晓原来我的妈妈是个多愁善感的人儿。她眼睛里那复杂的神情，一部分源于生活一部分源于自己。

她一直以为我是个孩子，不曾向我诉说半点儿生活的模样，她以为我不懂，而其实这一切都装在我幼小而敏感的心里。

兴许每个妈妈都希冀给自己的孩子足够多的保护，而后将其囿于身边，觉着这样便不会辛苦。而其实，辛苦是人来世上走一遭的必经体验。尤其是在长大后你深切地意识到他们并非无所不能时，和在衰老面前的无能为力时。

记得2012年，那是我手术恢复期的第二周，带妈妈去超市，过马路时，她抓住我的手，有点慌张，不再是当年那般稳妥温暖。那一瞬，我意识到她在这个陌生城市的不安。小时候，只要有他们在，便不会觉得害怕，不曾想过他们也会害怕。长大后，才深深地体会到他们惧怕的比我们惧怕的要多得多。譬如，第一次谈男朋友,第一次一个人坐车,第一次一个人去陌生的城市,第一次一个人面对所有可能发生的可能。他们都时刻担心过。

后来,经历了很多很多这样的第一次,她便不再不厌其烦地问询。偶尔电话里,会说些鸡毛蒜皮的琐碎事儿。她也不再谈希望我成为怎样的人。她意识到我有自己的人生轨迹,或好或坏,都是自己所选。

当然,我并没有成为她期待成为的人,每个妈妈的骄傲都源于子女,在很多人向其炫耀子女如何时,她总是默默不语,我知道这时好强的她是不服输的,但是我也感受得到她笃定的相信。是的,她不曾勉强我喜欢不喜欢的人,不曾勉强我做我不喜欢的事儿。但凡我想做的她都支持。

兴许,自己永远也无法成为别人眼中的骄傲,但是我想干干净净的,没有欲望的,是自己的欢喜所成,是她所期待的安逸平稳。而后我发自内心的幸福快乐,慢慢化开她眼尾蓄意隐藏的悲伤。

内疚

在你们变老的同时,我多想变好。
好到有足够力量在你们脆弱时保护你们。

近来时常想起你的模样,年轻的和正在年老的,穿风衣皮靴的和穿拖鞋叼着烟的。想起你时,心里会泛起一阵酸,偶尔还会恐惧,怕你老得太快,而自己又成长太慢。

成长里很多事都是妈妈参与,你向来都是默不作声,就连打电话时都少言寡语。不知每次与妈妈深聊时,你会不会吃醋抑或难过,有时也很想和你多聊聊,可是不知怎的,聊着聊着就聊不下去了,好像再聊下去会哭似的。

当很多人都在关心我飞得高不高时,只有你会问累不累。

我记得在自己快撑不下去就要倒戈脆弱时,你是唯一要我回你身边的人。

我记得你陪我买的第一件衣服,墨绿的T恤。

我记得你一次打我也是迄今为止最后一次打我,喂我吃药我不吃。

我记得你第一次变老的模样，突然生出了白发。

我记得我第一次不听你话，早恋。

我记得自己策划的第一本书上市时打电话给你，你问：哪里能买到，我去买一本看看。

我借故挂了电话，眼眶泛红。

想起这些，好像瞬间就有了继续努力的勇气。很多时候，不知道是什么支撑着自己一个人漂泊于此。如果说当初是爱情，那么此刻算是为了给自己一个交代吗？

在你们变老的同时，我想变好。好到有足够力量在你们脆弱时保护你们。可是多么遗憾，除了刚刚学会照顾好自己，还没有能力照顾好任何人。

你们总是要我好好吃饭，病了及时看医生，而你们自己却总不如此。生病了，会因为医药费太贵而选择物理疗法。你们不会知道，身为儿女最怕的便是自己能力尚浅时，父母遭遇意外。你们怕去医院，怕做检查，怕检查出什么。你们不知道，爱一个人最好的方式是不让对方担心。就像现在你们已经不再每日叮嘱我按时吃饭、天冷加衣这些日常，而自己也会主动爱惜自己。会在周末给自己煲汤，在早上给自己煮粥，会有意识地注意饮食。可是你们呢？

记得有次做梦梦见你们生病了，醒来时枕头是湿的，而后立即电话你确认你无事方才安心。从开始懂得无常之后，便十分惧怕意外的发生，哪怕是生老病死。

向死而生是每个人的宿命，我们每个人都会以自己知道或不知道的方式离开。这可能会使我们悲恸，但不能使我们意志消沉。我们不能阻止任何人的离开，唯一能做的是在他们尚未离开之前，好好对待。

在时间面前，有太多感情似是而非。有些人最终会被时间分隔在长河的两岸，只能相互对望，再也得不到任何泅渡。时间的本质是使事物远离，一切最终都会走向分崩离析。

没能成为你的谁谁谁

我开始害怕你等不起我所能给予的有生之年，和这生命不能承受之轻。

下班的路上，遇见一位老人，近乎挪似的从我身旁经过，缓慢而吃力。我忍不住回头看了又看，看他颤巍巍的背影，确信那是衰老，是父母年老的模样，也是自己未来的缩影。兴许，这便是光阴的故事，它使我们年轻，也使我们年老，最终使我们归零，沉寂于自然。

有人说，秋是容易发人深思的季节，而续上的冬又何尝不是呢。它总是不经意间就让人浮想联翩。譬如，某日下午那泛红而潮湿的眼眶。

你坐在我面前，低着头。烟，一根接一根，一根接一根……

你知道的，我是极其反对你抽烟的。可是这一次，我什么也没说。

因为我知道，我对你的难过无能为力。

我看着你双眼变红，晕染起潮湿，直至自己也视线模糊。

你喝了点酒，明明是醉，为何却看着像哭。

我不敢看你的眼睛，怕自己读得太过轻佻，理解得也太不认真。我以为那里只是难过，没想到还有无助。

我尝试着和你沟通，却总是言语不了。说上两句，便话不投机。

这些年，你放我一个人去生活，到底是好还是坏？目前为止，生活都没有给我想听想看到的答案。我觉得自己变了，不再容易快乐，总是心思细腻思虑过多。可是你知道的，如若可能我还是希冀做你身旁只会笑的那株向阳花。不带雨露也饱含生机。

从小到大，你从不参与我人生的选择题，纵容了我的每一次叛逆。而有时候我会希望你自私一点点，哪怕是剥夺一下我自由的权力，放我回你身边。可是你没有。你从不给我羁绊，但凡我想的，你力所能及都会成全。可是这一次，你面露难色。你再也没有力量去继续成全我的任性。你看起来还算年轻，还可以西装革履，可是你和我一样开始惧怕衰老和未得以完成的责任。

我偶尔羡慕那些日子过得简单的人，如若不识得几个字，不懂得些许大道理，那么人生会不会就此简单许多，而你也会不会因此轻盈许多？

少不更事时的确有过许多不切实际的幻想，会幻想为你们撑起一片没有乌云的天空。可是此刻，我并不想成为多么不可一世的谁谁谁,也不想惹眼注目,只希望给你力所能及的幸福和够得着的欢喜。然而这么简单的愿望,竟也成了奢侈。

不知道你每每听见别人家的孩子如何如何时是怎样的心境。是不是会怨怼自己没有一个那样贴心的小姑娘,是不是会觊觎他们儿女绕膝的欢颜。你可能不会怨怼,但想必一定会觊觎吧,觊觎他们那朴实的烟火。

想起某日地上狼藉的烟头和看起来像醉却分明在克制眼泪的你,身为你的小姑娘,我对自己感到深深的挫败。原谅我总是成为你的负担,没能使你轻盈些许。

我过分的不切实际和天马行空的异想天开,以及对人生的毫无规划,使你失望至极。而生活措手不及的意外,令人害怕,我开始害怕你等不起我所能给予的有生之年,和这生命不能承受之轻。

身为子女

外面的世界没有别人,只有自己,
此后生活里的爱恨别离他们再也无能为力。

每天早上都会收到一条QQ信息,问,吃饭了吗?我说吃了,她便安心地灰了头像,不再说话。我若说没吃,她便絮絮叨叨些长长短短,不厌其烦地重复重复。这个人不是别人,是我的妈妈。

写过很多文字,关于妈妈的却很少。可能是年幼时写多了《你最爱的人是谁》,所以在作文里将那些稚嫩的感情一下子挥发了;也可能是成长使他们在自己心里所占据的空间变小了,使得自己没有太多时间去惦记起倏忽间苍老了的他们。

中午饭后Q弹出一个框,是妈妈。依然是简单地问,吃饭了吗?我也简单地回,吃了。她便说,哦,那上班吧,别耽误工作。这便是妈妈表达情感的方式,言简意赅。在关闭对话框时,看见妈妈的个性签名,有东西突然上涌卡在嗓子里,有点酸涩,是触动,不同于朋友不同于恋人的触动。

对妈妈的感情,是复杂的,并不仅仅只是简单的爱，还有过许多抱怨。譬如，在自己初毕业时，对社会一无所知，横冲直撞走了许多弯路，迷茫、彷徨，甚至无所为。那时幼稚的我竟然将这些结果归咎于妈妈。是的，那个时刻的我，是有点怨怼的，甚至在电话里说："如果有一天，我有了女儿，绝不会用你对我的方式教育她！"

她问，为什么呢？

我不满地抱怨："你给的不是爱，是溺爱，这种爱让我在面对社会时一无所知。我现在什么都不会，连复杂点儿的人际关系都处理不了，你让我在这复杂世界如何生存呢？"

少不更事时，这样的话不止一次对她说过，说的次数多了，妈妈便也不再像最初那般往心里去，可到底还是会在心里打个结的吧。后来，在北京经历过生病，经历过分离，经历过萎靡，方才幡然明白：她那样做是有原因的，因为他们那一代的匮乏，所以才拼命想要补偿给儿女，这爱虽然过分，甚至表达的方式不对，但并没有错。况且，如若不是这满满的不计得失的给予，自己怕是也不会有勇气一个人在这座只有自己的城市游荡和生存。

有时，在漂泊倦怠的时候，会想要放弃，会渴望回家，不想一个人生病了还要死撑着。可是她从没说过一句"累了就回来"的话,相反,她只是淡淡安慰说,熬过去就好了,就算你现在回来,还是会离开的。也许她说的是对的,可尽管如此,人在失落时还是希冀有个随时可以供养爱的避风港。

而其实,当身为子女的我们在做出离开父母到远方的决定那一瞬,就应该明白,外面的世界没有别人,只有自己,此后生活里的爱恨别离他们再也无能为力。

你在感情里遭遇的欺骗与背叛,你在工作中遇到的委屈与辛酸,你在失眠时的辗转反侧,甚至你一个人在冬日长安街的啜泣,都只能你一个人默默消化。逐渐苍老的他们再也负担不了我们人生里的任何悲喜。

一个人在外久了,遇到的凉薄多了后,会格外珍惜父母的给予,无论他们表达的方式多么错误。我见过太多姑娘,因为年幼时父母给予的匮乏,后来只要有人给,她们便许了自己一生,许的或许不是爱,是感动。而自己则不会,不会因为感动假装相信爱情来过,也不会因为他人的一段好搭了自己一生。这种性格的形成很大程度上源于父母给予的足够丰盈,因为不曾匮乏,所以不会随便接纳,所以才能在感情面前爱得大方得体。不会因为他人的一点儿好,而使自己卑微到尘埃。

最近每天下班都会打一通电话,和她絮叨几句,也没有什么特别的事情，无外乎是想听听她的声音，聊聊每天的心情。而她总会不厌其烦地叮嘱你：天冷加衣，吃饱睡好。

不久前，她学会了QQ聊天，没事就改改个性签名，但大多数时候都和她的宝贝女儿有关。譬如，我生日时，会签上，祝女儿生日快乐；我沮丧时，会签上，希望女儿开心；也有时是，不知怎的，每天都想和女儿聊聊天。

看后，会感到无以名状的愧疚和自责，对于父母。

他们不遗余力地给我繁花似锦的童年，而一无所成的自己连陪他们朴素地变老都不能。因为常年在外，回家的次数越来越少，与他们交流的障碍也越来越多。有时你心心念念的回家，真的发生时，并不如想象美好。

与此同时，内心也升腾起一股暖流。当外面只有自己没有别人的时候，回头看，还有人在等在盼在关怀的感觉总是暖的。我想这大抵便是最好的陪伴吧，不在身边却又在心上。

在人群消失的日子

因为没有办法看广袤的天地,所以整个格局都局限在生活里,人也跟着变得狭隘起来。

毛姆说,你要克服的是你的虚荣心,是你的炫耀欲,你要对付的是你的时刻想要冲出来想要出风头的小聪明。

门窗是关的,灯是昏暗的,屋子里只我一人。终于有勇气坦诚地面对自己。三年了,三年里我终于摒弃掉自己的虚荣心、炫耀欲和小聪明,也终于有勇气做一点点真实的自己,不那么看重别人强加的标签。

记忆里有很长很长一段时间生活在迷失里,刚毕业那年,对外面的世界充满好奇,总是急于向周围人证明自己,想要爱情想要梦想还想要生活,可是现实什么也没给;或者说,现实给了些许,但我感到不满意。

那时有一段现在回想起来都觉不错的恋情。

他是个合格的男朋友,对我很好,照拂得很是周到,而自己却总活在上一段感情的阴影里。不相信自己值得被爱,总是反复求证。

前女友成了自己心里的假想敌,有事没事拉出来遛一下，每每此时都会和他闹得不欢而散，事后也会自责自己不该如此。可是过不久又会旧病复发。打心底，自己并不想如此小气，对他的那些过去耿耿于怀，可那时的自己没有办法说服自己不去胡思乱想。

像极度匮乏安全感的人，会偷偷看他写的日记、他前女友的空间，并试图发现些蛛丝马迹，以此证明点儿什么。

可能这就是陷入爱情的人，对自己既自信又自卑，一边相信自己是值得被爱的，一边又怀疑对方对自己不够认真。

那段时间，有着很强的炫耀欲，迫不及待地向周围人炫耀一切看起来让人觉得幸福的东西。无论走到哪里都不会忘记拍一张好看的合影，而后配以得体的文字晒出去，以此欺骗自己证明给周围的人看：我有一段无与伦比的爱情。而其实，人只有对自己的感情感到不自信时，才会对周围的风吹草动敏感到草木皆兵。

除感情之外，那段生活也一团糟。在光怪陆离的世界迷了路。没有一份稳定的工作，频繁辞职频繁跳槽。不知道自己适合什么，能够做什么。时常站在二十几层高的露天阳台，眺望夜幕下的北京，感到无能为力。

"这座城好大啊，大得让人找不到自己。"

在那段不断动荡的日子里，有时只是希望自己能安定下来，有一份体面的工作，照顾好自己的同时顾及到亲人。而现实里我谁也照顾不了。

身边的朋友渐渐安稳了下来，日子过得虽不是绚丽多彩，但也不至于颠沛流离。在自己与他人的对比中，人逐渐变得敏感起来，害怕他们问起近况，拒绝主动联络。

可能我们每个人都想要好的爱情和好的生活，当现实没有给予时，或者现实给予的与我们想象的有出入时，我们会失落，会觉得委屈。因为没有办法看广袤的天地，所以整个格局都局限在生活里，人也跟着变得狭隘起来。

一个人一旦狭隘起来，他就会变得斤斤计较，为金钱、为生活琐事、为与他人参差不齐的观点所左右。

或许，每个人在前进的路上都会走些弯路，有人会拿你单薄的信念换得他所需的资源，也有人会把你生活里的一些日常琐碎变成茶余饭后的谈资。这些琐碎无形中成为你的标签。

一个人一旦被标签，就容易被局限。关于"你"的言论就会在人群里流传。

表象上喜欢你的人随着争议露出原始本性，不喜欢你的人习惯了推波助澜。

所以，那时的自己做过很多现在看来会懊恼的事情。譬如，为了能够获得物质上的自由，写自己不想写的商业软文，良莠不分；为了能够获得认同感，接触不想接触的群体，成为乌合之众；为了能够让自己过得好，不遗余力地做别人。可人终究是要面对真相的。当你的有用被耗尽，你的有趣被冻结时，依然爱你笨拙而无用灵魂的人少之又少。所以没有人能一直从他人那里获得归宿感。

所以，在那些芜杂的欲望里，我消失了……

在人群消失的日子，无人问津，日子变得恬淡许多。

有人叩门自是欢喜，没有也能怡然自得。

生日那天和朋友一起看了一场电影《私人订制》。走出影院时，风有点冷，呼哧在每个人脸上，你问，我的订制是什么。我沉默了。是啊，我的订制会是什么？似乎很多，但貌似又都订制不了。我问，你呢，你的订制又是什么？你说你的订制是希望我离开北京。

是啊，离开北京。从初次来到北京的时候，我就知道终有一天会离开。我以为那一天会很快到来，可是两年了，我还是没有离开。每每想到要离开的时候，都忍不住惆怅，离开需要多大的勇气啊，一如当初决定奔向它。明明是两只脚决定的事，却成了心里遥远的憧憬。记得去年过年时，我对自己说再待上一年就离开吧，可是一年真的到头时，却没了离开的勇气。

这座城，每天都有新人涌入旧人离去。看着它，那些环卫工人佝偻的背影，那些早高峰挤地铁的人群，那些带着梦想而来带着遗憾而去的好多人，让人热泪盈眶。有很多人因生计而逗留于此，也有很多人因过往而与之厮磨，更有一些人因所谓的梦想心甘情愿长眠于此。

只是北京好吗？它值得我们为之奉献整个人生吗？不，它拥挤、嘈杂、没有归宿感。我也时常在人满为患的地铁里，感慨万千，尽管如此，还是像很多人一样趋之若鹜似的漂泊于此。

我相信，每一个漂泊的人都有一个落叶归根的梦，那就是不停地告诉自己，等自己累了的时候离开，只是这一天被无限延期了。因为总相信这里会实现自己的一些小小愿望，尽管它缥缈得不真实，可我们还是给自己画了一个饼。

北京之于自己，已是一座空城，只是为何还迟迟不肯离去。我想了想大概是这里寄存了曾经的部分青春。如果离开，怕再也没有别的地方能够盛下它。它像是一座海市蜃楼，给人以无限遐想，即便现实灰暗，却依旧使很多人心甘情愿地在此造梦，哪怕实现不了。

我相信一定有很多年轻人，独自在不是自己的出租房里挨过很多暗无天日的日子，甚至想要放弃想要逃离，可是黑夜之后却又仿若新生般活了过来。于是离开北京的计划就这样一次次被搁浅，被雪藏。不是真的忘记了，而是没了离开的勇气。

只是连漂泊都不怕的人怎会没有离开的勇气呢？

我猜想是，舍不得，不甘心，期待，和害怕未知。

离开还意味着放弃在这里的一切。并且，我们开始害怕，害怕适应新的环境，害怕重新开始。所以每每想到离开的时候，会觉得无能为力。

为了心中所谓的海市蜃楼，浮沉过，颠沛流离过，最后却要说服自己放弃，会心有不甘。内心深处的我们还是会期待，会妄想：或许再等上一年这些期许就会实现。为了这实现概率极小的期许，我们愿意为之逗留。即便现实不堪负重。

世间的寒

这世间,所有的寒,终究,会暖。

给自己取了个美好的名字——暖,之所以是半杯,一半是希冀自己给,另一半是希冀他人予。所以,从此有了半杯暖。

回头看过去那段寒冷的日子,其实一切都有迹可循。所谓因不善,果便不好。所以,她终将遭遇那段寒冷:失恋、失业、失去健康。

那时的她,23岁,毕业一年,习惯了象牙塔里的生活与爱情,面对如骤雨冰雹般的生活压力,感到焦灼无比甚至力不从心。可是即便现实如此不堪,她还做着自己阳春白雪的梦,想要无与伦比的爱情,想要满载花香的幸福,想要一鸣惊人的成就,可她完完全全忘了自己真实的身份,不过是被父母骄纵宠大的灰姑娘,并没有多少阳春白雪的资本。只是从未体会过生活不易的她哪里知晓人生如此艰辛。

她在现实面前感到饥渴,可是现实并没有给予她大口喝水的机会。一次又一次地失望,于是她慢条斯理的性格突然变得急迫而焦虑。她开始看不上自己,和自己内耗，明明都千疮百孔了，却还咬着牙在那儿故作优雅，拼命地向他人证明些什么以找到自己的存在感。说实话，我讨厌那时的她，有点自不量力且爱慕虚荣，可能是现实太匮乏了吧，所以才拼命地展示自己以证明自己拥有很多。她觉得自己曾经那么不可一世，可是在那段岁月里竟然会屡屡碰壁，这对于她看似庞大实则脆弱的自信心简直是致命的打击。所以，她自暴自弃，怨天尤人，期期艾艾。

她辞职了，待业在家，虽然没了职场的压力，但是却给自己制造了许多假想敌。她开始变得不像自己，神经质，敏感，多疑，脆弱。她用尽一切办法把自己折磨成病态模样，只是为了向这个社会索取点儿关爱。可是，生活真的不是林黛玉，不会见你楚楚可怜，就会多给你一些甜。

那时的她有一个对她不错的人，纵容她包庇她，所以她被宠坏了。她知道自己精神上病了，可是她不愿承认，总是向他故意找茬挑刺。而他总是一味迁就忍让。我讨厌甚至怨恨她的无理取闹和不可理喻。那是我从未曾见过的她，陌生而可怜。

这样的她，怎么配拥有幸福？所以，现实没收了她的幸福，使其失去了一段美好的感情，一个值得爱的人甚至一份可以旱涝保收的工作。她突然变得一无所有。

这就是她的那段寒冷岁月,看似命运所弄,其实拜自己所赐。一个内心晦涩的人,就算外界给予她再多温暖,她也觉得寒。所以,她终将遭遇那样的劫难。

好在,历经种种,她豁然懂得,这世间,所有的寒,终究,会暖。

放生

去了解一个人，太过烦琐；
向他人敞开自己，太过冒险。从此，我们学会心有藩篱。

上午去了一趟医院，看完病回公司继续工作。路上，风吹在脸上。阳光洒到身上，暖暖的。脑海里浮现"放生"二字。这大抵是适合自己的生活方式之一。

回想在上海经历的这一切，虽无太多变动，心理历程却走了不少。

遇见一些人，认识一些人，新的或旧的。

在这些不牢固的关系里，开始明白：踏入社会的关系和象牙塔的关系的确判若两样。

许是后天的自己自我成长得太过个性，对很多本可以成为朋友的人也失去了想要解读、仔细相处的耐心。

去了解一个人，太过烦琐；向他人敞开自己，太过冒险。从此，我们学会心有藩篱。

在上海，遇见很多人，多数人都希冀从他人那得到温暖，但漂泊的过程里，每个人都是孤身一人，没有谁是谁的谁，也没有谁可以为谁带去恒定的温暖。

所以，如若萍水相逢，他人只是客气路过，也请勿责备他人冷漠。因为没有人有义务对你好，何况有时我们只是路人甲。

一个人去日料店排很久的队，只是坐着放空。想起发生在自己身上的一些事，对"朋友"二字的理解更为深刻。小时候很容易把一个人定义为朋友，甚至前些年也如此，但是近来对此二字的理解似乎苛刻。朋友是什么呢？他不是你日日联系的产物，也不是你刻意讨好的结晶，它是相处起来不累、说起话来心不设防的一种舒适关系，自然而然地存在，就算并肩走在一起不说话也不会尴尬。不会因一点儿利益和你红了脸，不会因为新欢而离你而去，也不会因为你一时失意而疏远你。

这些年还算幸运，虽然失去很多，但回头看陪自己的人还一直在。十年前一起唱《十年》的那些花儿，她们还在。

十年里，很多人变了，很多关系变了。我从和很多人结伴而生，到一个人踽踽独行，做过很多肆意妄为的事，但值得庆幸的是，我的那些花儿她们还一直在。尽管彼此走的路越来越不同，但需要时她们依然会慷慨奉献自己的时间和荷包。我想，这于彼此便是难能可贵的友情了，即便平日疏于联系。

可是随着成长，也遇见一些让自己活得更为明白的人，她们会因为你的有用而与你短暂成为朋友，但相处过程里，你会明白你和她的关系疏远取决于你的自我成长和资源利用率。就像做高仿品的代购，当她把自己的化妆品拿给身边的朋友时，她们再也无法成为朋友。

也许是生活所迫，身为旁观者的自己无权站在道德制高点谴责他人。只是生而为人，不管你有多少生活所迫，都不应该利用他人的信任。

天黑了，我从格子间走出。一天，就这样结束。

我们，继续，生而为人的生活。

有时观察别人，有时被别人观察。

没关系

很多时候,
"没关系"只是碍于情面说出的一句话。

"没关系"不代表"真的没关系"。

仔细想来,和很多朋友走散,那些说好了要再见的誓言,随风而逝。

有时是因为时间,有时是因为空间,也有时是因为彼此思想维度的断层。

我们都是那种悲观的乐观主义者,容易相信一切,也容易对一切质疑。

一旦觉察出肆意伤害,会假装忘记与原谅,但从此也会心有藩篱。

很多时候,没关系只是碍于情面说出的一句话。

"没关系"不代表"真的没关系"。

后来,所有的懂事都是先前肆意伤害后逐渐领悟的结果。

分手、欺骗,一笑而过总是简单很多。

但,并不代表从此遗忘。

伤害结下的痂,它会一直在。

即便愈合，疼的感觉还是在记忆里存在过。

我们可能会忘记伤口的模样，但不会忘记疼蔓延全身的疯狂肆虐。

没有人喜欢疼，犹如没有人喜欢被伤害。

所以，我们都看起来快乐，而美好。

昏睡了一夜，那种宿醉似的疼，在黎明之后被忘记。

我们都低估了人的自我治愈能力。

写了多年文字的豆瓣突然被锁住，悄悄改了伴随了自己多年的名字，无人知晓。那种感觉像是重新来过。

登录废弃的QQ号，点开好久不去的空间。熟悉而陌生。

早上路过球场，扎马尾的女孩和叱咤球场的男孩成了标配。

年轻真好，可以互相伤害。

一个女孩

她如果足够任性，
无外乎是仰仗了身边太多人宠。

下班去商场，可能是过于消瘦的缘故，并没有觅得一件适合自己的衣服。如若逛街，我喜欢一眼看中果断买走它的快感，并不喜欢空手而归。于是去了丝芙兰。柜员问需要什么产品，什么功效。我说，眼霜，抗皱。柜员笑了，她说你一小姑娘抗什么皱。柜员推荐了几款产品，而自己是个一旦用久了某个品牌便不愿尝新的人，所以还是选择了纪梵希轻熟系列。自己也不知道从什么时候开始，化妆品从单一的保湿补水功效变成了抗氧化抗衰老，大抵是从开始明白年轻的重要性时。

走出去的时候，整个商场的张灯结彩扑面而来，一瞬间使自己觉得异常孤独。有时候，自己也不知道，那种莫名的情绪为何会突然造访，并不是多愁善感，只是发生在他人身上的行为很容易被自己觉察，进而联想起一些事。

人的直觉太过敏锐并不太好，这样很容易看透一些事。所以很多时候，我喜欢笨一点的处世方式，笨一点的时候可以跟着世界一起犯错，原谅人性的顽劣。而一旦清醒，就要面对真相。就像很多人的双重人格，一面温顺感性惹人怜惜，一面又像带着刺的玫瑰令人不敢轻易靠近，我们既喜欢又害怕。

一个人她如果足够任性，无外乎是仰仗了身边太多人宠。所以，一路任性到此刻，谢谢过去所有的成全。

早上醒来时，天已放晴，喉咙泛疼。一个简单的节日而已，朋友圈早已热闹非凡。过了跟风去买的年纪，不再喜欢廉价的商品，就像廉价的感情。开始明白穿戴在身的每一件衣服、首饰，它都有自己的风水。

来上海后，可能是心灰意冷，有很长一段时间的自我放弃，不再体面收拾自己，习惯了晚睡晚起，在办公室一堆精致的面孔里，扮演中二少女。

今年的七夕，一个人去做美甲，店里坐着一姑娘，衣着虽然干净但却有皱褶，为了一百块钱的差价思量来去。我看着她，心里生出一阵悲凉，一个女孩，如若满目欢喜，不能自给自足，在最好的年纪没有穿上最美的衣服、得到最好的爱情，多可惜。

也大抵是从那个时候起，给了自己一记警钟，即便在最好的年纪没有最好的爱情，也要力所能及去丰盈自己，给自己喜欢的一切。

身边很多朋友进入了婚姻,她们中很多人把自己的梦想寄托给下一代,像妈妈曾经期待自己那样期待着。身为围城外的人,我并不知道围城是怎样的。但我想,一个人她应该尽可能地自我实现。也曾把所有的期待托付给他人,等喜欢的那个人帮自己去实现,但这种期待本身并不美好。如若实现了会不安,没实现会失落和不满。

有次在Susan举行的聚会上认识一姐姐,当她出现在Fount时,有人要我猜她年龄。从相貌和衣着打扮上来看,不过二十七八,问询后得知,已四十有余,除了摄影极棒以外,钢管舞也不错。从和她的聊天中,你完全感觉不到年龄在她身上的作用。她看起来甚至比我自己还充满朝气。

我想,这是一个女孩成为女人的最好模样,永远天真永远孩子气,而不是因为经历一些伤害就对世界感到失望的人。

人间朝暮

北京的冬天，总是很冷，
冬日的早上，太阳出来得很慢。

上午和亚梅一起吃了早餐。饭后，她去长宁区帮一个日本朋友处理事情，我去上了草木染课，计划在上完课后一起逛商场。

出门的时候，太阳很好，照在身上，暖暖的。

上课的地方，院子很大，老师很好看，丽丽安依然很日系。她是我花艺课认识的朋友，我们性格相近。

课程持续了三个小时，试色结束后，每个人根据各自喜好，给自己染了条真丝围巾。有人染了粉，有人染了黄，我还是染了紫。课程进行到一半，觉得累，发信息给亚梅，取消了逛商场的计划。

一个人沿着马路走了很久，漫无目的。

过马路时，看见悬挂在天空的新月，用相机对焦定格了下来。

肚子有点儿饿，去附近SHARI点了份日料，一个人吃了很久。想起去年某些场景，似曾相识。

走出去的时候，看见一位中年男子，拉着行李箱，走一步跪一步。我回头看了又看，猜想发生在他身上的故事，是不是又是一桩令人无能为力的人间疾苦。他是不是也和曾经的自己一样，在无能为力的遭遇面前，希望通过足够的虔诚得以救赎想救赎的人。

很多日子过去了，还是会回忆起那些发生在北京医院里的事，眼里结满冰。虽然过了那些提起过去就情绪崩溃的日子，但那经历遗留下的心悸，它，依然在，甚至成了自己性格的一部分。

路过徐家汇时，逗留了会儿，想：要不要去商场为自己添置一些过冬的新衣，想了几分钟便放弃了。当一个女孩，她不再对爱情、新衣，和誓言感兴趣的时候，那意味着她已经开始初老。

地铁站里很多人，他们坐着、站着、拥挤着，有好看的姑娘、疲倦的少年和满脸天真的孩童。

已经很久没有乘地铁去很远的地方上班，想起那些北京的日子已十分遥远，但也有些怀念。

北京的冬天，总是很冷，冬日的早上，太阳出来得很慢，六点钟的公交站台或地铁口，总是挤满人，刚刚睡醒的样子。

记得第一次去上班，乘不上地铁，从八点等到八点半，新买的大衣被拥挤的人群弄脏，站在地铁口莫名其妙地哭。发信息给你，你处理完工作，第一时间赶到了现场，一脸歉意。你说，以后我负责貌美如花就好，可以什么不会。可是现在，我几乎什么都会了。

想去上午经过的地方走一走，但一到晚上就分不清方向的自己，还是选择了来时的路。不是怕走错路，而是累了的时候连路都不想走。

不曾起舞

心里空的时候,喜欢看天,
仿佛那里可以塞进爱情,塞下童年,塞满一整个青春。

有时,走在人群里,看不出你任何茫然无措的样子。

而很多次,你并不知道怎么办。

也许是一些经历使你在不知道怎么办时也看不出任何焦灼的情绪。

而其实,你没有看起来那么云淡风轻。我们每个人都是。

只是,你知道,不知道怎么办时,要自己去等,等阳光灿烂,等风和日丽。

挨过去就好。

有时会莫名情绪不好。

分分钟。

没有缘由。

人不应该是悲伤的。

没有人喜欢不快乐。

所以这些年,你总是让自己看起来快乐。

可是,人总是容易悲伤的,因为这样或那样的缘故。

天亮之后，你忘了那些没有缘由的心血来潮的悲伤。

拿起相机拍下昨日拓染的作品，而后出门，像新生一般卷入人流中。

上海的秋天演绎了多场美丽。

落满地的银杏，和落叶，成了你眼里的好看的风景。

大写的"爱"在这物象里杳无音信。

是时候安静下来，不应该再将困惑说予不相关的人听，也不应该再把那些秘密晾晒给陌生人看。

是时候沉下心来过一段缄默的时光，直至彻底自由。可能是很长的路，也可能是一切在困惑之后恍然大悟。

也许这是一段不曾起舞的日子，但你一个人，要好好的。

人一旦对某个环境或某件事产生质疑，做起事来总是消极许多。

像是信任机制被打破，互不认可。

然而，囿于种种因素，我们受困于此，不得自由，自由不得。

想来甚是可笑，为了所谓自由，折损一身优雅。

这大抵是一段弯路，而你总相信未来会好。

这虔诚的相信使人学会隐忍。

我们在一次次试错里慢慢变乖。

年岁渐长，容易相信一切，但也怀疑一切。

没有谁可以一直是谁的谁，犹如我们试图在他人的折子戏里演一个主角，但其实都是配角。这是故事令人着迷的地方，也是令人悲伤的地方。

我们，不曾拥有任何人，任何物。

我们，生来空无一物。

就像爱情，它是过眼烟云，无论多美好，或疼痛，都只存在于相爱时。

别离了，便什么也不是。

心里空的时候，喜欢看天，仿佛那里可以塞进爱情，塞下童年，塞满一整个青春。可是，却怎么也塞不下一个美好完整的你。你在这些颠沛流离中逐渐缺失，逐渐破碎，一次次重建，一次次重生。

假装遗忘

如果有日你去了陌生的地方,记得对过往闭口不提。
不要让它再参与进你的世界里干扰你幸福的可能。

内心好像有一种情愫在暗涌,我不理会它,任其淹没我。

我说它是冬,漫漫长冬。

你偏说它是春,纷红骇绿。

我执拗不过你,认了它是春,但我知道它不是,自始至终都不是。

好像有一点儿悲伤,不那么浓烈,但还是悲伤。

我不知道这悲伤源于哪里,但它真真切切地存在着。偶尔一阵骚动弹劾得人心惶恐。

"带我走,离开这里。"我恳求道。

"去哪里呢,哪里不都是一样。"你淡漠地说。

"只要不是这里,哪里都行。"我。

"我倦了,走不动了,再也没有办法带你逃亡。"你。

就这样,你的声音连同你落寞的背影消失在沉沉的雾霭中。

我来不及与你告别,你便弃我而去。

那一刻，我有点儿恨你。

我一个人上路，路上看见漫漫星辰。我对着它们许下许多不曾与你诉说的愿望，一个、两个、好多个……每一个愿望里都有你的小小星辰。只是你不会知道。

你已经走了，兴许不会再回来。所以我的那些愿望也终将成空。终将成空。

我不想说话，不想回家，不想喝水。

哭，一个劲儿地哭，默默而无声无息。

所有人都走了，没有人带我逃亡。

你听见哭声，停住脚步回来了，静静地站在背后。

我凝噎望向你，你静默不语。

"如果不能带我逃亡，那么请带我回家。"我。

"回不去的，我们都是无家可归的人儿。"你。

"为什么？"

"一个人一旦离开了，再回去是不容易的，除非不带心肺。"

"那带走我的心肺吧，我想做个尽可能幸福的人。"

"不，那样你无法感知幸福。"

"我不想与你再继续交谈下去了，如果不能给我幸福，那么请以我所能承受的方式离开。不要再在我需要你时出现，请试着让我习惯你的空缺。好吗？"

"好。我会离开，只是请答应我一件事。"

"什么事？"

"答应我，要幸福。"

"可是，要如何才能幸福？"

"对过往闭口不提。"

而后，你真的走了，沮丧地、落寞地、满怀惆怅地。

我继续游荡，漫无目的。直至某日清晨醒来。

那是初冬的早上，太阳正冉冉升起，我看着镜子里的自己，变得陌生。

"为什么一定要有人陪着逃亡才觉可以接近曙光。"

那一刻，我知道我将要与很多人永久地擦肩而过，即便缘分很深。

所以，我离开。去了很多没有归宿感的城市。

只是，我也不知道哪一天会在哪一座城市安顿下来。

可能要很久，也可能很快。

"如果有日你去了陌生的地方，记得对过往闭口不提。不要让它再参与进你的世界里干扰你幸福的可能。"我总是会在睡梦里听见你离开时对我说的这句话。每次听见都格外伤感，可是却不能流露出来。那压抑的情绪成洪水猛兽吞没了我。

有时也不知道自己想要表达什么，但你的离开使自己不再完整，好像灵魂里少了一半自己。

希望再次遇见时，一起看看那漫山遍野的绿。

陌路

你曾说过，要给我花好月圆，人丁兴旺，可是怎么才一个踉跄，那当初植入骨髓血浓于水的感情就变得这么冷漠。

你说，你给自己定了一个闹钟，专门用来提醒自己吃药。

我问，会忘？

你说，不想每天都在脑子里提醒自己有个药片在等着自己。

你总是这样，一句话，就能使人情绪坍塌。

好像除了对不起，我什么也做不了。在现实面前，我无能为力，而你总是安慰道：很快就会好的。

其实，我们都心知肚明。可是谁也没有多说。

你说，生活给予的，要接着；生活没有给的，要自己找。

受到命运不公平对待的人是你，而你却总是异常冷静地安慰我。我不知这冷静是做给我看的，还是真的如此这般。我猜想你一定也如我一样慌乱过，甚至极为排斥命运的布施，可是为了不让周围在乎的人担心，所以才表现得异常冷静。

我到底是不够懂事,在你努力推开自己的那段岁月,竟不问缘由地怨怼过你。我怨怼你冷漠,对我的情绪置若罔闻;我怨怼你像变了一个人,用一切方式疏离,而后寂静离开。

人总是这样,在不明真相时,习惯用自己的思维揣测对方,却不能够感同身受地理解对方的处境。

如果换作是我,想必会和你做一样的决定。

离开时,我没有去送你,连短信都没发。你跟我报了平安,说:从此,要一个人好好的,找个人替我照顾你。我躺在床上,删了所有与你有关的消息,最后还是忍不住重新加了你。是的,被你宠坏的我真的太孩子气,不忍心就这样与你失去联系。

你离开的那段日子,我性格里的一些因素潜移默化地发生了变化。我不再喜欢任何看起来可能会悲伤的颜色,譬如,深紫,而是爱上了墨绿。时常盯着一树的绿看上许久,好像看着它们就能看到希望,就能感受到命运布施的力量。

除此外,我不怎么看悲剧了,开始排斥任何与苦难相关的剧情,甚至会故意搜罗许多平日不怎么看的喜剧逼自己开心。似乎唯有这样,才可以不那么难过。

我试图避开一切可能使自己难过的因素,却还是异常悲恸。不知道那段日子你是怎样走过来的，是不是也像我一样深夜痛哭，不快乐了许久。

失去一些习惯，并不会使人难过许久，而一想到生命里从此失去这样一个你，便再也无法平静。

那样一提起你便会崩溃的日子持续几近两年。

直至最后，我们能坐着像亲人那般谈笑风生。

从医院出来的时候，你口里的热气哈在镜片上，而我知道你一定是红了眼眶。我戴着口罩，望向窗外，避开人群，努力克制自己随时会夺眶而出的眼泪，可是它不听话。我对它无能为力。

你曾说过，要给我花好月圆，人丁兴旺，可是怎么才一个踉跄，那当初植入骨髓血浓于水的感情就变得这么冷漠。说好了要在一起的，怎么走着走着，就散了。从前觉得白首偕老那么容易，现在才发现执手一生多么不易。不是中途你离场，就是中途我离去，能够一起曲终人散多么难能可贵。

你不在的日子，我过的还算好。换了工作，换了住的地方，还换了发型，只是剪短的发好难蓄长，两年了，它们还是没有及腰。我答应过自己，待及腰时给自己一件嫁纱，只是主角不再是你。

每次去K歌，总是会点一首《我会好好的》，唱给自己，虽然总是五音不全。爱的人中无论谁先离开，留下的那个人都要好好过，唯有这样才算配得上对方给予的深情。

离开时，你说：以前想对你好，条件不允许；而现在有能力对你好了，现实却不允许了。你这样的生活小白，怎么能够一个人留在北京？会不会哪天把自己弄丢了连带你回家的人都没有。

听你说完这些话，我开始泣不成声。

是的，如你所述：我始终没有办法像其他女生一样善于照顾自己，过马路时喜欢横冲直撞，天冷时总是忘记带外套。

所以，你离开时，有那么多牵挂。你担心她吃不好睡不好住不好。可是，你忘了，有些人的笨拙与柔弱只展示给在乎的人看，到生活里去，你眼里的她是另一幅模样。然而，她清楚地知道，再也不会有一个你，给她漂亮城堡，纵容她所有不曾长大的孩子气。所以，请不用担心她会过得不好，如果她真的过得不好，那是她自己放弃了自己。

弯路尽头

比同龄人走了些许弯路,因着那些过分庇佑。
撕开屏风的屏障,独自去面对世界,走一步错一步。

早上醒来时,胃还是不适,可能是昨日酒精的作用。已经三周没有按时回家给自己做一顿晚餐,连续地对外使自己疲惫。

宅有宅的怡然自得,不过走出去也有走出去的乐趣。因为走出去,认识很多有趣的人,在觥筹交错间收获他人的传奇,待故事散场后,拿来喂养自己。

大抵自从一个人住后思考的事情越发多了起来,要做的事情也逐渐展开。独立的自我开始探索自己本真的模样,虽然偶尔会在累时感到力不从心,但是哭上一会儿就好。就像周三的晚上,没有具体缘由,在谈完第四个合作之后,原本如释重负的自己却突然觉得累。关上灯,没有缘由地哭上一会儿,去武康路和朋友吃饭,一顿饭的间隙,自己治愈了自己。

饭后,沿着路灯散步,好看的梧桐叶铺满小道,灯光斑驳在地上,风拂过耳畔。路边的石阶上坐着头发泛白的卖花老奶奶,要朋友送了自己一束白色玫瑰。

喜欢"白色"这一点在买花时体现得淋漓尽致。有次去花市，买了各种白，白色的康乃馨、白色的百合、白色的小雏菊、白色的蕾丝草，捧回家才发现家里并无太多适合白色的花瓶。

记忆里时常想起那个穿完整个夏天都是白的盛夏。后来，因为自己不太会洗衣服，很少买白色，但还是喜欢。那是一种干净的颜色，看起来心情会变得明快。

比同龄人走了些许弯路，因着那些过分庇佑。撕开屏风的屏障，独自去面对世界，走一步错一步。我偶尔会想，如果不是那些弯路，此刻的自己是不是已经实现大学时自己对自己的人生设定，结婚生子。但后来想了想，或许，这些都是命运。就像Susan所说的那样，她也不知道自己当初为什么去读MBA，为什么要进金融圈，可能是那些光鲜的使人看起来很有优越感的光环，但当真的跻身进去的时候，她并不快乐。所以她退了出来，成了一名自由职业者，从事自己喜欢的事，且用这件喜欢的事让自己过得还不错。在没有成为自由职业者之前，她并不知道自己的自我探索可以走这么久远。就像在北京生活那么久的自己也不知道自己会跌跌撞撞走这么久。所以分手、失业、人际关系出现障碍，这林林总总的一切，可能都是命运的转机。

比起同龄人的稳定，自己似乎一直在动荡，频繁跳槽，频繁迁移城市，可是有些事此刻不做，想必将来会后悔的。那放纵自己去爱去恨去疯的日子逐渐久远，跟着感觉走的做事风格这些年始终如一并未发生太多改变，不过是走了些许弯路，浪费些时间，其他的并未损失什么。

小时候讨厌理性的思维模式，总觉那样的关系太过冰冷，而其实那是生活囿于自己的偏见。随着入世的深入也逐渐明白：理性是感性的保护色，越理性的人，往往做起事来越鬼马天真。当然也不是每个人都有机会看得到她感性的一面。

比起生活在斤斤计较里的人，更喜欢那些思想开阔的人，他们对世界保持最初的好奇，也因自身阅历的丰盈而对他人宽宥许多。

我执

Past

我们都是那种悲观的乐观主义者,
容易相信一切,也容易对一切质疑。
一旦觉察出肆意伤害,会假装忘记与原谅,
但从此也会心有藩篱。

Now

在时间面前,有太多感情似是而非。
有些人最终会被时间分隔在长河的两岸,
只能相互对望,再也得不到任何泅渡。

Future

如果有日你去了陌生的地方，
　　记得对过往闭口不提。
不要让它再参与进你的世界里
　　干扰你幸福的可能。

在我心里,你还是我的闺密

对于那段误会,我们都默契地缄口不提。
只聊岁月,不问过往。

我有一个朋友,很好很好的那种,然而突然有一天,我们互相疏离,但也互相怀念。这是一种矛盾的情感,内心深处的在乎与表面的冷漠互相对峙起来。我们谁也不理谁,冷战、拉黑,直至失去联系。

我们有一个共同的朋友L,聊天时朋友L偶尔会说到她。故而,在失联的日子里,我还是能够知晓她过得好不好,想必她也知道我,但我们从来不去主动破冰。失去这样一个朋友,犹如割舍一份陪了自己多年的习惯。虽不比失恋难过,但也着实令人低沉。

去年的时候,从朋友那里得知她结婚了,和一个爱慕她许久的男子。如若我们关系还是从前，那么，她的红毯该有我来伴。可是，现实没有这样演绎。具体原因我们都心知肚明，但谁也没有说。

有些情谊就是这样，伤害起人来要命。

我们彼此见证着成长、恋爱、失恋，差一点儿就要见证走红毯的时刻却失去了彼此。

我们之间没有发生过争执，也没有发生过不快，但就是这样不约而同地远了、淡了。

那是一段自以为需要安抚的日子，极度脆弱，任何一根稻草都会压死自己的节奏。我哭泣、失眠、焦虑，把自己弄得异常糟糕。我以为她会陪着自己，哪怕只是说说话，可是她没有。我不知道那段日子她过得怎样，可能是被幸福冲昏了头脑，所以才忙得忘了在等待她安抚的我。

那是手术的第三天，我们在网上聊天。我Q她说，最近经历了一些超出自己能力承受范围之内的事，感觉一下子从天堂掉进了地狱。她回了什么我忘记了。但是我又追问了句："发生这么多事，你怎么连个电话也没有。"她说："我忙呀。"

如果是今天听到这句话，顶多也只是失落一下；而当时，竟一瞬拉黑了她。

是的，我年幼时偏执的敏感和对感情的格外占有欲使自己看上去不那么善解人意，尽管如此，周围的朋友还是惯着我的大小姐脾气。所以，才有了那样嚣张跋扈的自己。

而今距那段日子已有三年，敏感、脆弱、容易哭泣，都不再轻易叩门。对于他人的关怀似乎也不再过分依赖，有自然是好，无也没关系。

可是回想起当年，竟不知为何那样敏感，会极度抵触"忙"和"没时间"这样的字眼。也许，是自己有一个错误的潜意识，潜意识里认为：如果真的在乎一个人一份感情，"忙"和"没时间"不应该成为搪塞的借口。所有的没有空，都是因为不够重视。后来冷静下来想，可能是那段日子大家各奔东西无暇顾及彼此，也可能是彼此之间真的误会重重。所以才突然在一个节点爆发。

前几日，还在想，像我这样连误会了都懒得解释的人是不是注定会失去很多，连同朋友。而后突然想起了她，想起自己的鲁莽和任性。毕竟陪自己走了那么多年，除她之外，唯一一个见证自己所有脆弱的人，而我却弄丢了她。

想起在北京的这几年，确是遇见了不少人，他们有的是同事，有的从同事发展成朋友，也有的因为志趣相投而成为朋友。他们很好，给了我很多帮助。然而，没有一个人像她那般特殊，唯一一个可以让自己卸下所有逞强去面对的人，而在其他人面前，我从来不敢。我害怕他们窥见自己的脆弱和敏感，所以总是极力地避免太过认真。而她不一样，她知道我玩笑背后的深意和逞强背后的无能为力。

那日，她问，一个人在北京朋友多吗？难过时谁陪你？

我不知道该怎么说，朋友不算多但也还好，需要时会有人帮衬，只是难过时多数都是一个人。一个人久了，会不知道该如何与人分享悲伤，好像很多事情说出来也无济于事。所以，难过时多数都是一个人，偶尔是读一本书或者看一部电影，最不济的是一个人逛商场。我自己也不知道，自己一个人也可以适应得很好，从感情到工作到生活。

她又问，少了我这样一个朋友，是不是也不觉得可惜。

这些年想对她说的话有很多，但最后只敲出了三个字，怎么会。

好像土象星座对他人的很多情感都是隐晦的，他们不擅长言辞，总是相信放在心里就好，故而很多时候会被误以为不在乎。但其实只要稍微接触久的朋友就会知道，这是他们保护自己的方式。唯有这样才能将伤害的阈值减少至最小。

在那段失联的日子，我以为自己会永远失去她，内心的喜闻见乐再也无人分享。所以，她的突然出现于我而言，弥足珍贵。貌似想说的很多，但好像真的不知道该怎么分享。内心潜伏过的难过与开心，早已变得沉默。

我们回不到当年手牵手一起逛街的校园年代，

也回不到为了一段感情哭得死去活来的岁月。

我们内心变得理智许多，尽管很多时候还是感性。

记得那年《致我们终将逝去的青春》上映时，自己在影院从头哭到尾，甚至在播放联谊会周围人笑场时，也哭得汹涌至极。在人潮汹涌里，我突然怀念那场盛大青春里的我们和那些可以肆无忌惮去伤害的感情。

又也许，我可能是那种代入感泪点和触点都极低的人。所以，才在别人的笑声里借题发挥。

你一定不知道，有段日子，我多想和你说说话，聊聊最近的改变。可是我没有。我选择了不闻不问，假装你从来不曾存在过，也假装自己从来不曾在乎过。而其实，你于我而言意义重大。

你问，如果我不联系你，你是不是永远都不会联系我。

我转移了话题，没有回你。

我想，你应该知道：以我的性格，早就不计较了，只是,太过倔强。

　　聊天过程中,对于那段误会,我们都默契地缄口不提。只聊岁月,不问过往。

　　好像我们终于长大一点点,对于伤害不再耿耿于怀。有多少原谅就有多少爱。

　　在我心里,你还是我的闺密。

不好不坏

即便如此，还是有一种天真的信仰，
相信一直善良就会一直幸福。

夜里四点多的时候，接收到一条信息，我在周末的早晨六点半看见。

她说：

"暖，我刚刚做了一个梦，想说给你听听。我梦见一个女孩——曾经一起合租的室友，生病去世了。她来上海很久了，没有什么朋友，就我一个室友，她很热爱生活，对工作也极其认真，喜欢漂亮衣服，会做许多美味，出门前一定把自己打扮得美美的。但是当她离世时就我一个人嘶声裂肺地哭着，其他人都很冷漠，包括她的家人。在她们那儿，有个奇怪的习俗，像她这样单身无子女，长期不在亲人身边下葬时要由朋友下葬。所以她爸妈给了我一些钱，我用这些钱给她买了一个很漂亮很漂亮的骨灰盒，因为她生前最爱美。在一个下雨的周二上午，我和老公去把她下葬了。之前她妈妈嘱咐我拍张照片什么的，可是我没有。我安安静静地下葬了她。事后只有她爷爷去看望她，再也没有其他人。

这就是我刚才做的梦，我在想我为什么哭得这么厉害。因为在上海的这些年就我们彼此陪伴着，我最懂她，相反她也最懂我。只是她还没来得及享受生活，还没来得及弄清楚死亡的意义就离开了，太可惜了。

好了，暖，我说完了，在外面好好照顾自己。我接着睡觉了。"

发这段文字的人是朋友璞。这四年来，她一个人在上海，我一个人在北京，各自经历了些不好不坏的人生。

跟跟跄跄了好久，好在她终于觅得一份好姻缘，过上自己想过的生活。只我还在形单影只地行走和流离。

我们这一代人有很多不快乐，梦想与现实的碰撞，爱情与生活的碰撞，自我价值观和社会价值观的碰撞，

不曾预料到这四年里，自己的人生观会发生这么多变化，原本只是想要岁月静好。可是现在貌似又多了一个精神世界。在这个世界里，渴望一份安然无恙。

一直以为病痛和死亡离自己是极其遥远的，直至有日亲眼目睹，方才知晓生命其实蛮脆弱的，脆弱到一个刹那就告别了彼此，甚至来不及说再见。在没有经历无常之前，有那么多欲望，那欲望把自己折磨得困顿至极。直至有日身边人的离开，方才知道这世上最珍贵的莫过于你在乎的人健康快乐地生活。如果再奢侈点儿就

是，自己有能力使他们过得好。在死亡和无常面前，那些不开心那些欲望算得了什么。过度为难自己一生一世，到头来不都是转眼成空。

北京是一座每个夜晚都有人在哭的城市，很多次令人想要逃离，只是见过了光怪陆离的世界后再也回不去那平淡至极的日子。即便如此，还是有一种天真的信仰，相信一直善良，就会一直幸福。

那些花儿

你们见证了彼此整个青春里的迷茫、困惑,和狼狈不堪,却独独未能见证彼此的幸福。

1. 有一种感情,只能共苦却不能共甘

从小到大,每个阶段每个时期,每个女子身边都有不同的姐妹陪伴。这些姐妹有个统一的名称,叫作闺密。寂寞时,她们可以慰藉你;难过时,她们可以安抚你。你以为你们会一辈子在一起,即便分隔于天涯海角,你们心的距离也不会增长。然而,总有些事情你无法预料,尽管你不愿相信时间和空间真的可以腐蚀这份感情,但这份感情却因时间和空间的腐蚀而变了味。我们很难相信,那些曾经陪伴在身边的花儿竟会成为彼此的陌路。尽管你们彼此闯入过对方的生命,可那又如何?

"X,结婚了,为什么不告诉我?"你问。

"我以为你知道,我以为你不会去。"

"我知不知道与我会不会去,是我的事;但你告不告诉我,则是你的事了。"你回。

"你确定你会去？你确定你去了不会难过？"

"这是我的事，与你无关。"你答。

你最好的闺密结婚了，你却没有受邀出席。你们之间到底是回不去了。这世间有多少原本曾经很好的感情，只是因为一个误会就成了永远的陌路人。对啊，到底是回不去了。

天色渐暗，人群里，你感到前所未有的孤独。原来，在这个逐渐消失的朋友圈中，你成了剩下的最后一个。你以为，你们永远不会走散，可到底还是走散了。

在整个青春里，你们曾经形影不离，互诉衷肠。恋爱时，陪着彼此扮靓自己；失恋时，陪着彼此碎碎念；难过时，陪着彼此买醉。开心时，陪着彼此胡吃海塞。你们曾经那么好过，现在走散了，想想都觉得好难过。

你们见证了彼此整个青春里的迷茫、困惑，和狼狈不堪，却独独未能见证彼此的幸福。这，听起来似乎有点悲恸，但也其实不必感伤太久，毕竟也曾一起真挚过，即便未能见证彼此的幸福，也会在心底偷偷祝福。

2.有一种朋友一旦误会，便永远与之失之交臂

从相谈甚欢的朋友到熟悉的陌生人，到出现在对方

的黑名单里，这中间究竟是隐藏了多少误会，才能使曾经很好的变成现在陌路的？想想都会觉得不可思议。

之所以对一个人认真地生起气来，想必大都曾经心存美好地眷念过抑或在乎过吧。如若不曾在意，何必较真？说到底不过是不甘心不服气不愿意。毕竟我曾那样照顾过你，而你怎么可以突然这样将我打入冷宫，这对于被冷落的人来说多么不公平。

是真朋友还是假朋友，一试便知。有些朋友的好，可以无限绵延。也有些朋友的好，仅仅局限于有交集的时候。如果一个人是你真正的朋友，即便你们因为误会不再联系，但说起他的时候，你还是会祝福会大方谈起，而不是心怀不满到处诟病。

一个人对一个人的涵养，不是体现在你们相处融洽时，而是体现在你们背道而驰时，他对你怎样？是大方地假装那些误会不曾发生过，还是对于这发生的一切锱铢必较？

人生里总有些误会，你避免不了，故而也就有些人你理解不了。所以，但凡因了一些误会便恶语相向的友情来说，不要也罢。好的友情一定是，无论你怎样，他都理解，即便一时不能理解，但也会自我消化好后理解你。

有时候，一个人突然不联系你，那是有原因的，那原因可能是和你纠缠得倦怠了，也可能是不想再被你左右了，还有可能是你的行为伤害了他。所以，如果有一天，曾经你很在乎过的朋友突然不再联系你，那么请试着问问自己的内心，是什么原因使得你们渐行渐远？但是无论是或不是，如果你们曾经真的很好过，请假装大度地一笑而过。

3.有一种蓝颜，只在当时喜欢你的时候是蓝颜

很多女孩成长过程里，都有一个男闺密，他喜欢你宝贝你呵护你，但却不是你的男朋友。你在他面前无所顾忌天真无邪，高兴和悲伤从来都不掩饰，所以这样的你，渐渐地会被他喜欢，而你有时也可能感觉得到他的喜欢，但从不回应，只是揣着明白装糊涂。

你对他呼风唤雨，他却对你一呼百应。你对他歇斯底里，他也对你笑脸相迎。这样的他，你以为你会拥有一辈子，深夜难过时找他唠叨，感情受挫时找他泄愤，你不想和他成为恋人，却想一辈子就这样赖着。可是有一天，他有了自己喜欢的人，他曾经对你的那些好统统会不见的。他不能再深夜接你电话，他不能再Q和你暧昧，也不能对你无微不至鞍前马后，或许打心底他还

是会怜爱你，可是他已经不能像从前那般宝贝你了。毕竟，他的世界不再属于你，而你从来就不曾属于过他，所以他之前所有的宠爱都将转向他爱的那个人。你感觉你不再受宠，不再被照顾，于是，你失落，你莫名讨厌他的女朋友，无论她多么好看，你都会觉得配不上他。渐渐地，你远离他冷落他甚至故意刁难他，可你就是不愿面对他有女朋友的事实。

越往后你们的关系越会疏远，甚至有点刻意的成分，从之前的每天联系到之后的几个月联系一次，再到后来的不怎么联系。

一路走来，好多人走了进来，也有好多人走了出去，好在还一直有人陪伴着。但无论是走出去的还是走进来的，都值得感谢，毕竟他们陪你走了一程，即便未能走到终点，也给予了你很多温暖。

我执

有些人，能够轻易地放下梦想，
过一种属于自己的日子。这何尝不是一种幸福？

大多数人都活在不黑不白的黑色地带，心力交瘁地扮演着各种角色，只有少数人滑出边境，逃出人群。令人难过的是，就算是同样的人，他们的交流也充满障碍。好像一切都被搞砸了，好像什么都太难办了，好像自己很笨，既不懂得如何保护自己，也不懂得理解自己。其实，不过是想做个纯粹的人，却一不小心与全世界为敌。

"你明明不喜欢他，为什么还选择和他在一起？"A问B。

B说："选择他，我可以少奋斗十年，你知道吗？十年，对一个女人来说多么宝贵。"

这是一句真实的对白，在我耳边回荡过，不止一遍。年幼时听到类似对白，总是忍不住伤感，为何她们总是能够趋利避害地选择对自己有利的，而自己却怎么也学不会？也曾想过，如果没有很多很多爱，那就选择很多很多钱，至少可以让自己过得富足，可是当真的遇见那个钱先生时，自己又本能地退缩了。

"你最初不是不喜欢他吗？后来怎么又喜欢上他了呢？"C问D。

D说："可能是日久生情被感动了吧，找一个爱自己的总比找一个不爱自己的容易幸福吧。"

小时候，不懂爱情，闺密问：如果一个是你爱的人，一个是爱你的人，你选哪个？而我总是疑惑地反问，为什么那个人不能是我爱且又爱我的呢？闺密们答，谁不想遇见自己爱且又爱自己的人呢，可这不是每个人都能有的好运气。后来，她们果真都选择了更喜欢自己的那个人，而自己还是忠于了自己，谁也没选。也曾像她们一样，试着去爱自己不爱的那个人，但是我发现不爱就是不爱，勉强不了。

"你不喜欢他，干吗还接受人家的好？你不内疚吗"E问F。

F答："这有什么内疚的，周瑜打黄盖，一个愿打一个愿挨。我又没让他对我好，他自愿的，我有什么好内疚的。"

这样的姑娘，我也羡慕，羡慕她们能够理所当然地享用别人的好。换作是我，早就内疚死了。我容忍不了自己不喜欢的人对自己太好，这种内疚感虽不比失恋难过，却也足足使人终日惶恐。曾有过几个闺密，都生得貌美，最后却都嫁了个长相一般般条件一般般的男朋友，原因是被男友的好给感动了。我打心眼里认为，她们值得更好的Mr.Right，即便不是王子，也该是个将相侯啊。可她们不介意，在她们眼里，那些好值千金，远远比王侯将相重得多。有时会觉得自己是个怪胎，不允许不喜欢的人对自己好，怕内疚；不允许自己去爱不爱自己的人，怕孤独。所以最后，在感情里，把自己为难得不像样。喜欢不上别人，也不允许不喜欢的人喜欢自己。

"女人啊，何必辛苦自己，事业上得过且过就好了。"女友A说。

毫无疑问，这样的女人是聪明的，她们不用自己辛苦，不用舟车劳顿。也曾这样希冀过，每日看书插花喝茶，有一双儿女，教他们琴棋书画，和他们吟诗作画。也曾美好而田园过，可不知何时，心境变了，还是希望做喜欢的事，并力所能及地做好它。所以，有时我会羡慕那些没有梦想的人，或是为了爱为了家庭而暂时搁浅梦想的人，而自己总是做不到。

"追求那么完美干吗啊，差不多就好了嘛！"女友C说。

曾有过严重的完美情结，并以为被治愈了，可最后发现，在喜欢的事上这种完美情结从未消失过，它一直如影随形。我容忍不了自己得过且过，所以，有时，希冀自己是个空心人，可以不带感情地做事，这样就不会为难自己。

有些人，能够轻易地放下梦想，过一种属于自己的日子。这何尝不是一种幸福？

也有些人，能够在现实和梦想里，折中选择一种较为舒适的生活方式。是的，但凡是圆滑一点儿的人，都不会伤害到自己。他们会趋利避害，在意识到威胁的时候，早早地撤退，把自己保护得很好。

然而，那些偏执的人最容易为难自己。他们不懂得假装的艺术，活得太真实，天真地与人为善。

宅

我们每个人都是孤独的，无人能够幸免。

有那么一种人群，他们幽默诙谐，他们妙语连珠，他们能和陌生人很快打成一片，可是他们为何却越来越宅了？

网络上流行着这么一段话：一百年前人们躺着吸鸦片，一百年后人们躺着玩手机，姿态却有着惊人的相似。不知不觉中我们形成了一种可怕的习惯，早晨睁开眼的第一件事是摸摸手机在哪里，晚上睡之前的最后一件事还是玩手机。似乎离开手机就与世隔绝般孤独。

是的，我们被手机被网络绑架了，它们给我们带来很多便利的同时，也吞噬了我们的热情和灵魂。网络上形形色色的娱乐充斥着我们的眼球，使得我们不愿将目光移开去看看身边的人和风景，此外，"天天爱消除""找你妹"等游戏也暂时性地缓解了人类的孤独。

我不是那种天生很宅的人，可是最近越来越宅了。我不爱去陌生的地方了，也不爱参加活动了，甚至不愿主动接触陌生人了。每当要去一个陌生的地方，或见一个陌生的人，内心总是会产生一种抵触或是排斥的情绪。这种情绪使我不安，甚至恐慌，所以为了不为难自己，情愿一个人宅着。

我为什么惧怕去陌生的地方接触陌生的人呢？因为对未知无法预测，我不知道这陌生的地方会发生什么可能使我措手不及的事情，也不知道这陌生人会带给我怎样的意外情绪。我对这种未知感到不安，尽管我知道真正去了或是接触了未必是自己想象的这般不好，可是打心眼里，还是会不自觉地抵触。

可是，某些时刻我又是矛盾的，是的，我的内心矛盾极了。我性格里的一部分是爱热闹的，可我性格里的另一部分又是极其内倾的，而多数时候内倾的比重会多一些。所以，性格里爱热闹的那部分总是被压抑。所以，每当有活动必须参加，有陌生人必须要见的时候，我总是会觉得累。这种累不是身体上的而是心理上的。因为我所有的应对都是一种伪外向，它使我觉得疲惫。

为什么原本内倾的我们会在某些场合伪外向？因为害怕失落，害怕被忽视。所以我们会伪外向，会谈笑风生，会妙语连珠，会故意使自己融入群体。但其实这对内倾的人来说是一种自我消耗。内倾的我们是极其低调内敛的，害怕成为焦点害怕出风头，可是外倾的我们又渴望被关注被认可甚至渴望成为焦点。所以每个伪外向的我们体内都有两个我在厮杀，而每一次厮杀都会使自己元气大伤。这种自我撕裂的感觉太糟糕了，所以渐渐地内倾的我们越来越宅了。

我们并不是那种天生很宅的人，本能地排斥陌生环境陌生人还算正常，可是为什么我连熟识的圈子也不爱参加了？因为怕啊，怕被群体、被环境同化了。不是说世俗点不好，只是于我们而言，那种俗不是我们想要的。我们从不排斥世俗，只是拒绝庸俗。

从前我是个极其厌恶世俗的人，可是现在我近乎沉溺于这些世俗，并以此为荣。譬如，厨房里的烟火气，它使人感到温暖；早市里的熙熙攘攘，它使人感到亲切。可是无论我怎样热爱世俗，都始终接纳不了庸俗。

"XX牌子很好，XX香水很好。"

"你的项链多少克金的，你的镯子哪种玉？"

"你的年薪多少，你的男朋友做什么的？"

身边不少这种对白，生活里偶尔说说听听尚可，不必整日开口闭口都是这些话题，虽然人生不是形而上，但也不是开口香奈儿闭口普拉达。它们只是生活的点缀，绝不是主题。所以，当我们身边总是充斥着这种话题的时候，我们就越来越沉默了。在我们看来这些东西并不奢侈，奢侈的是人爱慕虚荣的心。

现代的人越来越耐不住寂寞了，也越来越面具化了，就连喜怒哀乐都是如此。他们高兴的时候，你要跟着一起没心没肺地表演笑，即便你笑不出来，即便你内心难过，否则你就会被视为扫兴的人儿；他们难过的时候，你也要跟着一起撕心裂肺地表演难过，即使你一点儿也不难过，否则你就是他们眼里冷漠的人。

可是我熟悉的陌生人啊，我从不曾走进你的生活，又如何能够体会到谨小甚微的喜怒哀乐呢？我连自己的情绪还没揣摩懂，又如何安抚得了你呢？如果连喜怒哀乐都成为一种表演的话，那人生该是多累啊，所以原谅我们这种木讷不爱讨好又喜轻盈的性格吧，只是不想落个不讨人喜欢的坏名声。比起那些刻意的喧嚣与讨好，内倾的人真的更爱一个人的静默。

可能会有人困惑，一个人整日宅在屋里多无聊啊，多孤独啊。其实喜欢宅着的人大部分都是喜欢宅着的这种感觉的，在这个宅的空间里，他感到的是富足与安全，可能孤单会有，但不一定孤独。

我们每个人都是孤独的，无人能够幸免。但是我们每个人似乎都在找寻各种方式排遣孤独，无论是宅着的还是热闹着的,宅着的人是刻意避开喧嚣的孤独,而热闹着的是刻意避开一个人的孤独,不过是孤独,只是殊途同归罢了。所谓"宅的人不一定孤独,孤独的人不一定会宅着。"对于有些人来说,他必须依靠群体才得以排遣他的孤独,而对于某些人来说,独处即是力量。

谋爱亦谋生

能够在合宜的年龄与合宜的人执手固然是幸。
但如若不能,也要学会各自安好。

相信很多人一定和我一样,会希冀以自己喜欢的方式过一生,然而大多数时候,大多数人都是在谋生,谋爱情,谋成功。不敢放弃现有的安逸去颠沛流离;不敢放弃现成的爱情去寻心之所念。在人群里张望,渴望标新立异却又惧怕特立独行;渴望相濡以沫却又惧怕魑魅魍魉。内心深处,有太多怕,这怕里有自己的不够勇敢,也有现实的无可奈何。

很多人说,生活是现实的,不是我们选择生活,而是生活选择我们。生活的确是现实的,它是柴米油盐,但我们依然拥有选择的权利,是轰轰烈烈还是简简单单,是日理万机还是闲云野鹤,这都完全取决于个人。

有日,好久未联系的女友发来Q消息,说,真羡慕你能做自己喜欢的事。

我回,不过是漂,连爱情都不安稳,有什么值得羡慕。

她说,能够做自己喜欢的事就很令人羡慕。

两年前,我和女友同时毕业面临就业问题,同是师大毕业的我们，一个选择了为人师，一个选择了居无定所地漂。那时，还不知道自己能做什么，只是知道自己忍受不了一成不变的安逸，忍受不了一眼望穿人生的枯燥，更忍受不了和一群志趣不投之人谈笑风生。

因着年轻气盛，因着从未吃过苦，所以心无旁骛地漂进了北京这座人满为患的城。打心底里，并不喜欢这座城，甚至强烈抵触和排斥过，可是有日离开竟无限想念。记挂的或许不是这座城，而是这座城里的经历和故事，念的也概莫如是。

我：其实你也可以做自己喜欢的，只要你愿意。

可是她说：我结婚了，输不起了，没资本重新选择了。

的确，经历婚姻经历现实后的人生不容易重新选择，但这不代表就真的无法选择，既然无法改变生活窘迫的现状，为何不换种心态去面对。同样都是不高兴的日子，有人就能过得满载花香，而有人过得则是泪水涟涟。泪水涟涟的人，内心总是满腹委屈，觉得自己不应该受这种委屈过这样的日子，内心想要的太多，而现实能够给予的又太少，所以痛苦产生了，拧巴也产生了。

上次参加朋友的婚宴，很多人都问：你什么时候结婚，准备漂到什么时候？其实，每当别人问的时候，内心不是不心虚与惆怅的，因为不敢明目张胆地惆怅，只好虚掩憧憬幸福的那扇心。其实，自己也不知道自己会漂到什么时候，会什么时候结婚。

每一个漂泊在外的人儿都曾有一颗想要安定的心，只是安定谈何容易？故乡之于游子，会越来越熟稔，而游子之于故乡，却越来越陌生。你站在城外看故乡，一切都很熟悉，可却不能够融入进去，你的思想你的价值观统统被故乡排斥在外。是的，你成了故乡的陌生人，城市的边缘人。

况且，每一个说不想结婚的人内心都住着一个不可能的人。从未想过会被剩下，可不知不觉就跻身于此列了。可还是不想去凑合，不想随便把自己许了他人，尤其是有很多标签却依然不爱的他人。

像很多人一样，我热爱money，但money不是择偶的必要条件，纵使金银细软千般，不爱也是不爱，当然这并不是说我赞成零基础爱情。任何事情都是有条件的，包括爱情，我相信经历过油盐酱醋的人更能够明白物质之于爱情的必要性。差不多的物质储备可以使爱情恰到好处地开花甚至结果，而过于缺乏物质的爱情必然会坍塌。

热爱dream，dream不一定非得大，自己喜欢即可，值得庆幸的是，我有一个小小的dream，并正努力使它开花结果。热爱freedom，在这个freedom里，可以做任何喜欢的事，做面膜，打电话，看书，睡觉，发呆，抑或写文字，等等。做这些事的目的很单纯，仅仅是喜欢。

也曾活在别人的期许里，活在他人虚假的快乐里，但多姿多彩的生活告诉我们：既然是自己的人生，又何必总是活在别人命名的优雅里呢？

所以，我固执地以为：以自己喜欢的方式过一生，不必画地为牢为房、车所累，也不必因贪嗔痴为一纸婚约所缚，能够在合适的时间舟车安顿固然是幸，如若不能也不必煞费苦心去强求；能够在合宜的年龄与合宜的人执手固然是幸，但如若不能，也要学会各自安好。将自己照料好，是爱他人的最好方式。

所以，我们不必画地为牢因房、车所累，也不必被执念的感情所缚。或许不是别人眼里的幸福或成功，可是自己快乐即是好的。

边缘化

人之所以不合群,是因为没找到自己的同类。

昨日,和一个新认识的朋友聊天。

他说,他在其机构是个极其边缘化的人。

我问,那样会不会孤独,甚至会被漠视或排斥。

他说,孤独是会有的,但自己是心甘情愿被边缘化的。

我问,那样会不会不好。

他说,他不在乎,也不关心,本来就不属于那里,所以能够被边缘化也甚好,倒省了很多麻烦。

他的话如北京的夜,带着些寂寥,让听的人不免有点儿伤感。不知从什么时候起,我们每个人身上都被赋予了社会属性。喜欢热闹,害怕离群索居;喜欢盲从,害怕特立独行。我们每个人都小心翼翼地过着别人定义的生活,生怕孤独了自己。貌似我们每个人都成群结伴,可我们谁又不是各自孤独着的呢?我们总以为是别人怠慢了我们,可是我们又何尝不是最容易疏忽自己的人呢?

在人群中,你总能听得到这样的声音:

"其实我也不想这样戴着面具,可是如果不戴着面具，我就会感觉自己像是在大街上裸奔。"

"大家都买那XX都去那XX，我不买就会显得OUT不去就会显得不合群。"

"我也不想参加高考，可是不高考我又能做什么呢？我放弃的话，父母会失望的。"

"我想下班了陪陪爱人陪陪父母，哪里也不想应酬，可是我推不掉，不去领导会不高兴，同事会不喜欢。"

……

我们的内心有很多不想，行为上却又表现得极为乐意。这就是矛盾的我们，每个人多多少少都曾如此。因为害怕被忽视的感觉，害怕无人喝彩，害怕被边缘化。于是我们委屈自己的意识从了他人的喜好。可是，这样的自己，我们喜欢吗？

对于大多数人来说，生活是个可以拆分的动词，即生和活，而不是简单的名词"生活"。为了生，有多少人活在别人的企盼里，为了活有多人活在他人的评判里？有多少人将原本可以的生活过得七零八落，却还假装很好。

我曾遇见过这样一个姑娘，她说，过去的她总是活在别人的期望里，他人微小的喜怒哀乐便能够轻易地牵动她的情绪。她说，过往的每一次考试，无论考多少，都不会快乐，除非得到父母的肯定和老师的褒奖。她说，她原本是个乖乖女，极为安静，可在学校里却总是出奇地叛逆和任性，似乎唯有这样，才能找到存在感。

我想这样的情形，我们每个人或多或少都曾遭遇过。譬如，一次聚餐，大家都去了，为了不扫兴，你也假装兴致勃勃地参与了，可其实你内心并不想。又譬如，一次应酬，大家都喝酒，都说一些冠冕堂皇的漂亮话，而你不说，似乎就是不够变通。这样的例子发生在身边的太多了。可耳濡目染了那么久，自己依然是个笨拙之人，参悟得懂，却总也不愿学会。

记得很小很小的时候，班里有个长得很漂亮的女孩，每天都穿着一样的衣服，于是同伴们便取笑她不洗澡，先是一个人取笑，后来是一伙人取笑，最后是几乎全班都取笑她。这充分说明了，孩子的世界也是怕被边缘化的，尽管那行为极其可爱，但有时也足以影响一个纯真孩子的成长。那时，我还小，可能是因为家里经历变迁早熟的缘故，所以能够理解那漂亮女孩的难言之隐。所以，自始至终，都是沉默的，无论同伴如何诋毁女孩。之所以选择沉默，是因为不想得罪周围的小伙伴而被边缘化，但也不想为了不被边缘化而随便伤害一个内心有难言之隐的小女孩。从小就固执地以为眼睛看到的和耳朵听到的都不一定真实，用心感受到的才是。

我一直认为，自己不是坏人，但也一定不是大好人。不会对每个人都好，但一定会对自己认定值得的人好。不会因为他人的标签而随便改变自己的初衷，也不会因为你一句话随便否定一件事一个人。每个人的善良都有尺度，他人是随便践踏不得的，每个人的原则也都有底线，他人是随便试探不得的。在生活里，我们可以随便凑戏，做一个边缘化的人，但在爱情和梦想面前，必须有自己独一无二的位置。谁也替代不了。

在北京，有段日子很空虚，像是受到了蛊惑，在现实面前不停摇摆。时常禁不住外面的诱惑，买一堆自己不需要的物品；也时常因为不想得罪一些人勉强做自己不喜欢的事。我讨厌极了这样的自己，可是又觉得无能为力。因为我没有勇气对掌声闭而不听，对喝彩置若罔闻，也没有勇气将自己边缘化。

那段日子，下班后不是直接回家，而是选择和一群人狂欢或者一个人在商场里shopping。我原本不是一个物质的人，但是那段日子竟沉迷于物质，会没有节制地刷信用卡，购置大量化妆品和买许多平时穿都不穿的华服。灵魂像是个黑洞，无底的黑，无边的空虚，必须依靠外界的刺激，才得以充盈。其实，比起外界的精彩，我更爱内在丰盛。

　　身为一个姑娘，有点儿自己的小虚荣，爱热闹爱交际也爱实实在在的包包和华服，都是正常的，只是别过分沉迷。生于世俗，再高贵的灵魂都会受到影响，何况凡夫俗子。我们时常因为他人的需求而更改自己的计划；也时常因为害怕被忽视，转而寻求一种集体的力量，渲染自己内心深处的孤独和怕。说到底其实是没有勇气边缘化自己，也没有勇气接受自己被边缘化的事实。

　　可是人生这条路必须做好随时可能被边缘化的勇气。因为不是每个人都能理解你的想法，也不是每个人都能在辉煌时与你同欢，落寞时与你共饮。人生这条路说容易也容易，说艰难也艰难。你对外界的需求越少，就越有可能活得自如安详。只有这样你才能随时边缘化自己，随时被他人边缘化；也唯有这样，才能趋近有可能随心所欲的自己。

孤寂

人为什么会生病呢，我想是因为不开心需要人陪。

很多情愫用文字表达出来其实是有点儿矫情的，如若用画或是音乐来表达想必会真实客观许多。每天打开电脑抑或走进人群，大脑就再也无法获得片刻安宁，耳朵里是人声鼎沸议论纷纷、眼睛里是光怪陆离形形色色。每每这样的时刻，都希冀自己是个不语者，对外界的种种都置若罔闻。

到底是喜好清净的，尽管某些时刻自己也会聒噪，当然自己的聒噪并非是声音的喧哗、言论的肆意，而是文字世界抑或生活世界的哗然。

有时静下来会想，人之所以在某些时刻聒噪，是因为想要获得虚拟世界里真实人物的关注。

这一年，连愿望都没有馈赠自己。只希冀它每日都是饱满的，没有太多寂寥和浑浑噩噩，也没有太多伤感。让自己能够在喧嚣世界有一泓清泉。

近来，孤寂感时不时涌上心头。其实，爱好文字的人大抵都是矛盾的吧，现实世界里可能是嬉笑嫣嫣，而文字里总显得多愁善感许多。兴许这是文字爱好者的灵感源泉。生性还算乐观,并不崇尚多愁善感,但我需要那种伤感。欢乐容易使人忘却自己,而伤感可以唤醒。

这一年,得了一种叫作"睡不好"的病,对,是睡不好,很晚睡去很早醒来,却总也不困。精神似乎很好,而其实早已透支。

窗外是黑,黑得让人恐慌。这让我想起世事无常。头突然开始阵痛了一下,旋即又好了起来。突然想起前不久还在微笑却在上个月悄然离世的小侄女。她那么小,还没有看过色彩斑斓,还没有遇见过如花美眷,便与世长辞。兴许,这也是一种解脱,不用经历便也不会痛苦。

手机里还保存着她的照片,天真无邪的模样,看不出一点儿病了的痕迹。这两年在北京,去的最多的地方就是医院了,先是自己,后是熟悉而陌生的某人,最后是身边的亲人。人为什么会生病呢,我想是因为不开心需要人陪。生病了就会有人疼惜,那脆弱感也就名正言顺地找到依托。所以,过去的自己很爱生病。因为我知道,病了,就会获得很多宠爱。说来也是奇怪,一个人生活后,真的没有再生病,反而把自己照顾得很好,除了偶尔换季的皮肤过敏。

一个人在外,最大的感触是,不能随便生病。一旦病了,场景便十分凄凉。因为你不知道黑处有什么。所以像很多人一样，努力地对自己好，以防将自己置入悲凉里。

　　比起从前，任性的时刻少了很多。好在，我们都开始变得懂事许多。

隔阂

在时间面前,有太多感情似是而非。

越成长,越发现,想要联系的人会越来越少。

每到一个地方,遇见一群人,相知相交,开始无比熟稔。

一起吃喝玩乐,好像这辈子都不会分开了一般。

然后,然后就分开来了。

从一天几个电话,到一周也没有一个电话。

看着照片里TA们身边的人,从熟悉变得一个也不认识。

看着TA们的衣服春更夏换,直到再也不是你曾穿过的纯棉T。

想拨个电话过去,声筒里穿出的快乐的音调再也与你无关。

感觉很悲伤,但也就那样了。

过年回家时,许多朋友短信说,年后聚一聚吧,很久没见了。如若是在从前,可能会像往常一样,兴高采烈地甚至迫不及待地应答。可是这一次,我只是简单回复说,看情况。所以,除去几个重要的朋友,其他流于形式的聚会,都没参与,包括曾经特别要好的一闺密。

那日天空下起了雪,手机里出现一条陌生的短信,说是要请我吃饭。我问,谁。她回,XX。她是我初中时的闺密,那时关系很好,后来因为距离分开了,很少联系。那日突然联系上,想象里我原本是该高兴的,可现实里只是歉意地说:去不了。不知道这语气会不会生硬,会不会伤害到她赤诚的邀请之心。

有时候,人走得远了,回头看原来的风景,人和物都会变了模样。你清楚地察觉到你们之间的鸿沟和隔阂,你不再如初,她也不再如昔,原本相交的两条线,突然再也无交集。从此,你们的频率也不再一致。

所以,有些回忆里的人是不能够去见的,见了连那最后一点儿美好都会消弭。

虽然推掉一些聚会,但有些聚会是推不掉的。

聚会结束大家一起去K歌。最后,KTV成了拼酒的地方。因为不能喝酒,所以便也逃过了此劫。但也庆幸因着清醒,在那场酒后吐真言里,听见了许多未曾听过的秘密。有人喝得酩酊大醉,也有人吐得七荤八素,更有人哭得稀里哗啦。而自己像个置身事外的人。除了其中两位熟悉到不能再熟悉的人时常出现在我生命里,其余的人似乎都只是插科打诨,或许以后还会再见,也或许再也不会见。

真心话大冒险玩到最后，终是没有逃过他们的逼问。那些说曾经喜欢过我的人开始逼酒，唯独不曾说喜欢的你揽了下去。并训斥：不能喝还逞强。

从包厢出来，天空下起了雪，我们各自散去去了宾馆。

整个路上，我都在思考自己和刚刚离去的那群人的关系。彼此很熟吗？不是。他们那么多人，一下子出现，再一下子离去。不过是喝了些酒，吃了些饭，就一下子掏心掏肺了，甚至掏空了部分回忆。

在时间面前，有太多感情似是而非。

有些人最终会被时间分隔在长河的两岸，只能相互对望，再也得不到任何泅渡。时间的本质便是让事物远离，一切最终都会走向分崩离析。有时候"快"是对彼此最宽容的救赎。

所以，在那次聚会结束后，我和很多回忆里的人切断了联系，并非自己曲高和寡，而是只想生命变得简单纯粹，没有太多人分心。流于形式的表演和浮夸，不是我所好，故而也热衷不起来。

讨好自己

一个具有独立意识的人,是不能一直生活在乌合之众的审判标准里的,无论是情感、生活,还是工作。

2016年很快过完,这一年于自己而言表面上风平浪静,但思想意识层面发生很多突变式变化。从懂事至成长至今,从未给自己设限过人生应该怎样,感情应该怎样,工作应该怎样,似乎所有的时候都顺应心性,自由散漫地成长。潜意识里总有一种错误的骄傲:觉得随心随性的人生不是每个人都能做到,而自己一直如此,似乎难能可贵。这种错误的意识根深蒂固于思想里很久,久到很多同龄人在以自己想象不到的速递成长时,恍然明白这些年的自我浪费有点儿可惜。不过,好在一切都在2016年的下半年得到救赎,生活朝着喜欢的样子慢慢走上轨迹。但这还不够,不是不满足,而是人一旦尝过成为自己的快乐,就不再想成为任何人。所以2017,希望讨好自己。

成长里有很多次自我反思,但多是站在自己的角度观察他人而后以此为戒。但如若站在旁观者的角度审视自己,你会发现:一个具有独立意识的人是不能一直生活在乌合之众的审判标准里的，无论是情感、生活，还是工作。大众多是生活在表象里，而舆论是表象的传播形式，起到推波助澜的作用，但有时真相与表象相差甚远，甚至处于两极。所以讨好父母、讨好朋友、讨好伴侣，甚至讨好同事不应该成为你对他们好的初衷，讨好自己才是。

1. 面包我自己挣，期待我自己完成，你给我爱情就好

从高中开始就一直视感情至上，无论发生什么，都势必保护好自己的感情。因着这样的理想主义，放弃去更好的学校，放弃去想去的城市。所以，就这样错了一路。当经历很多错误的尝试，重新开始，一个人站在上海这座城市的拐角，发现心里空无一人时，感到的不再是孤单，而是如释重负。终于可以全心全意地去做一件事，成全自己。

这些无疾而终的恋情，什么都没留下，但教会人忠于自己自我实现。小时候以为爱很容易得到，长大后发现要得到美好的爱太难了。一份健康的关系需要成熟

人。但有时遇见那个人时，我们都不成熟，我们带着不成熟的思想靠近另一个人，谈到中途曲终人散，而后得出种种自以为是的前车之鉴。

或许，所有的情感进入到婚姻里时都会发生变化，有些变好，有些变坏，甚至充斥着各种遗憾。但婚姻的本质不是使人幸福，而是在这段关系里收获承诺与责任。它也不是一个人的自我期待嫁接给另外一个人。身边很多人试图借婚姻改变自己的命运，比如嫁一个有钱人，或者一个能照顾好自己的人，或者一个能帮自己完成自我实现的人。带着这些期待进入任何一段感情，想必都会失望吧。因为无论多么优秀的另一半都无法完成你的期待。所以有些期待最好自己去完成，这样在遇见想要在一起的人时，才可以理直气壮地站在对方身边，肩并肩或手牵手，一切都因你只是你。

我偶尔羡慕那些生下来就有一手好牌的女孩子，似乎不用努力就可以得到想要的生活。她们不会去思考太多自我层面的东西，生活里给她一点儿甜就会开心。但也有些女孩，她们面包自己挣，期待自己完成，面对优质情感时可以理直气壮地对对方说：给我爱情就好！

2.努力建树自己,和不喜欢的人说再见

从小时候起,奶奶就时常念叨"女子无才便是德",这种错误的思想根植于内心。很多次想做点儿什么时,都会有一种声音跳跃出来:你不可以在事业上太有主见,那样性格会变得强势,以后的婚姻也会不幸福。所以很多时候我特别惧怕自己体内的这种暗示,总是刻意回避自己在工作上的"野心",甚至不去启蒙自己的这一面。

但事实并非如此。一个女孩子在年轻时,如果不努力工作改变自己的命运,那么结局往往是被命运选择。你要面对不喜欢的工作环境,你要面对和你Level不在一层次的Leader,你要忍受很多平庸而了无生趣的见解。可是如果你在自己的领域有一席,那么这些声音这些人你可以统统不Care。

但很多人往往并不懂得如何建树自己,包括没有品牌概念的我自己。人总是习惯太看重"我",太高看自己,也太放不下自己。尊严、骄傲这些虚无的东西根植于每个人内心深处。而这些东西并不能给你带去什么。

3.趁早实现财富自由，过想过的人生

仔细想来自己是个财运不错的人。但作为一名文艺青年，对它的理解却极为浅薄，总觉得这些东西乃身外之物，何必拥有太多；并且认为一个人喜欢钱就是一件庸俗的事，梦想也不应该被物质化。但踏入社会凡事亲力亲为之后，扑面而来的生活让人明白钱的意义不在于钱本身，而是它背后的东西。譬如，自由、尊严、安全感，和随时可以供给的爱。否则，你所有的情怀、梦想都将在现实里湮灭，并被妥协。你的云淡风轻，你的阳春白雪都终将被因为受困于生活而变得令人厌烦，甚至你谈起感情来也不能理直气壮。

社会上流行一种错误的观点：男生不喜欢爱钱的女生。所以很多女生拼命掩饰自己对钱的欲望，把钱看得云淡风轻。

但其实男生不喜欢的是"爱花他钱"的女生，以及拜金的女生。如果一个女生她很会挣钱，且有正确的财富观消费观，能够自己给自己买Prada、Gucci等奢侈品，也能够一个人坐在高档餐厅看风景，且把自己打扮得愈加精致，对身边人好。我想这样的女生不会有人觉得她拜金或者物质吧。如若有男生觉得这种女生难驾驭，那说明他不是对的那个人。

4.穿适合自己的衣服,不从众不炫耀

都说"女为悦己者容",可是这么多年的穿衣打扮从来都是自己喜欢就好,没有刻意追求品牌,也没有刻意迎合喜欢的人。可是当自己成长到一定阶段,身边很多人纷纷追求起品牌时,自己意识到自己太过随性。于是清理了衣橱,将不适合自己的衣服淘汰,挂上几件不是大品牌但有设计感的衣服,迎接新的自己。这并非代表自己也开始从众了,而是觉得人应该给自己一个风格,将自己的气质在衣橱间进行自我调整。

到目前为止,也并不觉得奢侈品Logo一定要穿戴在身,向世人展示自己的价值。即便某些场合,你需要它们装点自己。但富有的人,真的不会刻意展示什么,那是他们生活的一部分。

可能是从小到大的生活环境比较纯粹,父母给了力所能及的最好,所以几乎在追求品牌这件事上从来没有概念,穿戴什么都是自己喜欢就好。没有所谓的攀比心理,也没有所谓的自卑心理。但当我走出自己的家乡,来到所谓的一线城市生活时,我被人们的这种需求吓到了。比如一些女孩子买了个名牌包,觉得大Logo一定要保护好。前几日在地铁看到一个女孩子,穿衣服非大牌,但很有自己

的风格，拎了一款新的Prada，进地铁后坐下，随手把包扔在自己脚下。她的指甲油有些脱落，甚至没有涂满，和精致的Prada相比，她倒显得不那么精致，但是她整个人的状态和风格已经在里面了。我觉得那种状态很好，把物当作生活中一个普通生活品，不为证明什么。

5. 和三观一致的朋友深交，并好好珍视

这些年一直被很多朋友照拂，无论是情感上还是生活上。他们记得你的生日，记得你的喜好，会在你难过时打电话给你，会在你出门不带卡时立即转账你，不会计较你的粗心大意，不会计较你的随性懒散，知道你的很多缺点，但无论你做什么都会无条件支持。和他们在一起，不会感到有压力，两个人走在街上彼此不说话，也不觉尴尬。甚至你需要大额资金而不想向父母开口时，一个电话骚扰过去，就能立即得到救援。数一数这样交情十年以上的朋友还有七八个，觉得真好。

毕业后和很多人处得不错，但多是不远不近。不想了解他人，也不想被他人了解。一切都带着性格里与生俱来的疏离感。但随着自己兴趣爱好的拓展，接触到一些志趣相投的朋友，他们的精神世界甚为美好，并带自

己体验,并未想过会深交下去,但随着时间推移,逐渐走进了心里。

有些人认识很久,但只是普通朋友,分开后便失了联系;也有些人未曾谋面,抑或一面之缘便走进了心里。我想这就是人与人之间相遇的默契,譬如,因花艺偶然认识的丽丽安;因文字认识的剧不忠、小棠菜、韩四喜;以及很早就知道彼此但一直未曾谋面的海之子。感谢他们出现在我的生命里。从某种程度上来说,他们影响并启发了我。在他们身上,我看见美好的理想主义,有对生活的热爱,对自己的正确认知,对人性弱点的宽恕,对诗和远方的向往。

6.写自己看会高兴的文字,爱看不看

很长一段时间,厌倦用文字表达自己,总觉文字辞不达意,抑或被他人拿来茶余饭后。可是离开文字,我想不到还有什么更适合表达自己。有些人表达自己是为了让别人知道自己是怎样的一个人,也有些人表达自己仅仅只是一种表达,无关别人怎样解读。

大约从二年级开始学会阅读开始,文字就一直存在于自己的生命里,但自己未曾想过与之发生联系。直至

毕业后开始思考自己适合做什么时，走上以文字为生的道路，多数时候都在为他人做嫁衣裳，偶尔为自己记上几笔碎碎念。

做了很多书，多数都是兴趣使然，所以无关乎码洋压力，无关乎任务考核。但随着时间推移，当接触到文学圈的真相时，内心生出几分厌倦。美好文字的背后总有你意想不到的喧嚣，而对世界理解尚未全面的自己不能完全接纳。所以很长一段时间里，排斥文字排斥做书排斥自己曾经敬畏的这个职业。

之所以出现今天这种厌倦情绪很大程度上是因为自己对文字的理解太过片面，以及自我力量的弱小，未能保护好内心的纯粹、热忱，和理想主义。并且，潜意识里排斥文字背后的喧嚣和功利。所以，当初的喜欢慢慢变淡，厌倦滋生。

但作为一名编辑，对文字的理解不应该有偏见，他可以有自己的喜好，但不应为之贴上标签。所有类型文字的存在都有其意义，不是每个人都能读懂巴赫，也不是每个人都读黑塞。这世上有很多人，由于受教育程度的不同，和自我成长的不同，对文字的理解各有千秋。如果一篇文章它让一个读者明白了些许什么，那么这于读者而言即是意义重大。

此外，还有一种原因是害怕他人拿文字解读自己，认为这是全部的自己，抑或在茶余饭后拿来作为谈资，害怕自己被标榜为鸡汤。可是这是他人的权利，你无法去消除他们囿于思维界限里的狭隘观念，你能做到的是不被左右，写自己看了会高兴些的文字，至于他人爱看不看。何况时间已经匆匆，何必介怀他人的一点儿偏见。

7.审视自己的言论，不人云亦云

身边的朋友多是进入了婚姻，有人选择了爱情，有人选择了现实，也有人选择了忠于自己。对于一个围城外的人来说，对生活里的难处理解甚少，但是从他人的生活里可以隐约明白：没有一种人生是完美无缺的，也没有一种人生值得标榜。

无论是坐在宝马里哭，还是坐在宝马里笑，都是别人的人生，你有你自己的人生。你可以安于荆钗布裙，也可以追求荣华富贵；你可以自我实现，也可以让他人来帮你实现；无所谓对错，也无须问津他人意见，关键是这是否是你想要的人生。

人总喜欢站在道德制高点，去指责他人超出自己理解范围内的选择，包括有时候以偏概全的自己。但其实你不是他，你没有经历过他经历的人生，你不知道他背后的原生家庭，所以轻易站在道德制高点去对他人评头论足，不仅仅是管中窥豹，还是一个人修养匮乏的体现。

所以，自我觉察的人能公正地审视自己的言论，不随波给他人贴标签，也不随便接纳他人的标签。

8.讨好自己，爱喜欢就喜欢，不喜欢也没关系

很多人喜欢王菲，除了她空灵的歌声之外，我想还有她看似高冷但又随性的个性。我们很多人做不到她那样真实，因为渴望被他认可。

大抵是从高中开始，一直生活在人群中，像很多人一样，为了不让自己看起来像异类，把特立独行的自我藏了起来。隐藏自己的真实想法。隐藏自己内心的声音。这种自我隐藏持续了近十年，大抵从意识到异类会遭到排斥开始。所以人群中的自己总是看起来很好相处。但任何时候看起来都好相处并不总是一件好事。有些时候，你需要一点锋芒，你需要勇敢地拒绝，勇敢地说"不"。

所以，2017年，希望做自己，喜欢就喜欢，不喜欢也没关系。

以上，送给自己。

二十几岁

Past

人在思想不成熟时会囿于自我
偏见排斥一些自以为对自己不好的东西，
譬如复杂、理性，和现实。
早年的自己总觉得这些东西很糟糕，
它们不应该成为自己的一部分。
可是一个人他只要到生活里去，
这些名词就无处不在。

Now

我想,这就是青春吧,
它经历过来人经历的一切,
困顿、迷惑、偏执,
而一旦开悟又容易升华成一种淡定的孤绝:
But who care!

Future

这是我的二十几岁,
没有成为父母或朋友期待的样子,
离经叛道走了一条还算喜欢的路。
不知道未来会发生什么,
自己会过得怎样,遇见好的爱情,
过上喜欢的生活,
却偏执地相信一切会好。

致自己

无论如何,请试着做一个安静细微的人,
于角落里自在开放。

十八岁之前,世界观里一片祥和,算是乖巧和静谧。

十八岁至二十三岁之间,世界观突然生出一堆梦想,张牙舞爪地叛逆起来。

二十三岁之后,世界观里多了一份现实,时常和偏执的自己过不去。

因工作关系时常能接触到一些牛哄哄的人,他们有的才华横溢,温润谦和;有的长袖善舞,名声赫赫。总之,这些牛哄哄的人时常使我激动不已,但偶尔的也会使我沮丧得夜不能寐。有日中午见了一位大名鼎鼎的设计师,去之前满心欢喜,交谈时依旧满心欢喜。她学识渊博，口吐莲花，堪称我的榜样。但是就在我满心欢喜了几个小时后，一种失落的情绪莫名笼罩心头。我从她那儿汲取来的正能量无形中吞噬了自己的自信心。我所有自以为是的笃定近乎灰飞烟灭，连同那曾引以为豪的天分。

为什么突然就郁郁寡欢了，且毫无征兆？我猜想是通过对比而产生的落差使自己内心失衡。是啊，为何她可以轻易达到那个高度，而我却需要历经千辛万苦。或者即便彼此同样的付出，我也未必能够达到她所在的高度。所以，内心失衡，郁郁寡欢，莫名地被失落的情绪笼罩。

曾将这些坏情绪归咎于自己不够优秀，可是后来渐渐理解了自己的情绪。是的，潜意识里我渴望成为她那样的人——集智慧与美貌并存的人，集财富与荣耀于一体的人。

有前辈曾说，自以为是地做自己并不难，亦步亦趋地做别人也不难，难的是看着别人做自己。是的，在喧嚣的洪流里，我不能够坚定不移地做自己，也不能趋之若鹜地学别人，于是只好参照着别人做自己。譬如，有时，我会想要去一个牛x的公司，做一些大事情，可是又惧怕复杂的人际关系；也有时，会想要辞职做些随心所欲的事儿，可是又担心朝不保夕。我总是将自己陷于这样的情绪里反反复复，自讨苦吃，有时还食不知味，睡不安枕。

譬如，某次深夜失眠，躺在床上，毫无睡意，于是便浏览了一红人的相关网页，意欲通过其正能量治愈自己。于是，看其文字，妙笔生花，字字珠玑；再看其相册，肤白人美，纤细高挑，气质脱俗。最后，失眠非但没有得到缓解，还更严重了。

为什么有些人生下来就拥有了一切，而有些人要穷其一生才能换得片隅？

打心眼里，我渴望自己成为他们，拥有爱情拥有梦想还拥有生活，然而现实世界里的自己只是个平凡的普通人。普通的容貌、普通的学识、普通的家境，一切都很普通，普通到尘埃里。

当周围很多人都卓尔不群时，你会在这个光鲜的世界，为自己的平凡感到羞愧，甚至自卑。那是一种通过对比产生的失落，时常使人沮丧。

时过境迁，我诧异于当年的自己，不知哪里来的那么多怨气，似乎整个社会与我为敌，周围的人都不怀好意。而此刻，岁月赋予我一种钝感力，它使自己不再敏锐。或许，这便是成长，成长让我们不再和自己的一无所有较劲，也让我们不再和与理想有差距的自己执拗。

世间是纷繁的，纵横交错，缠缠绕绕，难免有小小的烦恼横亘在心头。而今看来，小小的烦恼又有什么，若不留意它，就会渐渐消失；若一再想念它，护藏它，它便会越来越难缠。佛家语："饥来吃饭，困来眠。"实在是简单，又实在是平常。

如若不想受伤，安心静气地生活，那么就一定要有所避让。有所避让总比遍体鳞伤强得多。我们只管认真行走，不矫揉造作，不虚情假意，不循规蹈矩，但也一定不要放肆嚣张。如若至此，平素里便日日是好日，分分秒秒都惹人怜惜。

没有很多荣耀，有什么关系，有喜欢的人在就是晴天；没有很多财富，有什么关系，有喜欢的事在就足够踏实。以我手供养自己，以我心喂食爱情，以我有的获取我没有的，这些都足够使人安心。不再觊觎他人的天生丽质，贪恋他人的荣华富贵。对于他人的评判，褒或贬，不过分在意；对生活里的琐碎甚至鸡毛蒜皮，也不再耿耿于怀。

明白的愚

我想,这就是青春吧,它经历过来人经历的一切,困顿、迷惑、偏执,而一旦开悟又容易升华成一种淡定的孤绝:But who care!

雨下了一天,上完花艺课已是三点,去附近的书店待到晚上十点,看了一部稿子,和作者讨论了书名,一种踏实而平静的感觉,已经很久没有这样。从北京到上海,从策划的第一本书到此刻负责的每一个产品,其间心路历程发生很多微妙变化,从天马行空的热爱,到偏执的自我消耗,到很长一段时间的自我怀疑,到此刻客观而冷静地对待,铺成了很多故事,得以使自己成为此刻的自己。虽然不再是刚毕业时那般天真,但也依然是自己——有素淡的事故,和明白的愚。

离开生活了很久的北京,以为会不舍,但其实并没有,就像以为逃离北京可以改变很多事一样。初来上海的日子,并不是想象中那般流光溢彩。习惯了不按常规出牌,对条条框框的事物本能地抵触。所以,自我放逐了很久。放逐自己到乌合之众里,和他人纠缠在一起。大抵是五月之后,逐渐开悟,卸下一身我执,放弃了不属于自己但渴望拥有的美好，连同一提起就会情绪崩溃的那些过往和那些自己并不擅长的事情。

七月的时候，去豆瓣看了自己写的所有文字，近乎关闭了所有，但并不舍得删除。我将它们逐一粘贴至新的文档里，存放于一个叫作暖の文的文件夹里，将其命名为"the past"。

十一月的时候因为某种原因把它拿出去进行出版。

彻底地告别。

来上海的很长一段日子，不再写字。可能是心性浮沉不定，也可能是没有值得自己想纪念的事。总之，在自媒体疯长的过去一年，我消失得杳无音信。在这段杳无音信里，因为见识了人性的另一面，自我得以迅速成长。

在短时间内迅速成长是一件好事，它使你恍然明白很多你曾经不明白的事，但也容易使人陷入一种自己与自己抗衡的偏执里。不过不管怎样，这些都过去了。此刻感觉渐好便是了，即便不是世俗定义与认可的好。就像虽然知道一切都没有达到巅峰的阈值，但你知道，那一天，会来，或早或晚。

回到家已是很晚，觉得饿，从柜子里取出朋友昨日买的零食，吃了些许。窝在沙发敲下这些文字。窗外的风沙沙作响。

虽然独立生活了很多年,精神上独立了很久,但生活上似乎并不能把自己照料得很好。家里除了水果和牛奶,几乎不会囤其他零食;喜欢一个人逛商场,速战速决;去餐厅点菜时,总能点出一道黑暗料理;无论多熟悉的路,天黑还是会迷路。这些被惯坏的小习惯,大抵是多年被庇护的结果,虽然会对自己的生活造成不便,但并不想改。似乎在那个领域里,想刻意地与之保持距离,并不想什么都学会。况且,有些角色需要留到合适的年龄段去做,譬如为人妻为人母时。

十八岁的时候,以为他是自己的全世界,自此之后不用一个人四处流离。

二十二岁的时候,无常分离了一切,它使人明白纵使情深也抵不过缘浅。

后来,经历一些繁杂的感情,愈加珍惜不被时间赶走的理想主义。逐渐放弃生活囿于自己的偏见,收尽眼底的一切,接触美好的,躲避不美好的。

我想,这就是青春吧,它经历过来人经历的一切,困顿、迷惑、偏执,而一旦开悟又容易升华成一种淡定的孤绝:But who care!而距离真正的优雅从容又始终差了一个收放自如的我。

直至最后，逐渐学会惜缘，不再冒失开始一段感情，犹如不再冒失随便索取一份承诺。对于错过的，过错的，真的原谅了彼此。

夜深了，了无牵挂的人早已入睡。

对今天忙碌而充实的自己说，晚安。

趁一切来得及

我相信缓慢、平和、细水流长的力量。

1

当我的闺密们都组团嫁人时,我开始喜忧参半。

2月14号,高中闺密兰结婚了,在青岛。

3月14号,大学闺密璞订婚了,在上海。

一星期前,曾与我同床共枕的室友lily,也有了男伴。

二十四小时前,曾许诺要陪我一起结束单身的楠,也宣布五一结婚。

一年前,甚至半年前,她们都还是单身的,可是突然地,就比翼双飞了。从友谊层面来说,自己是开心的,甚至艳羡的;可是打心底说,在祝福的同时感到了落寞。

那些说好了要当彼此伴娘一起见证彼此幸福的人,也都因为生活各奔东西,甚至缺席了彼此的婚礼,不能身临其境地感受对方的幸福。每次参加完婚礼,自己都会闷闷不乐上一段日子,所以后来会有意识地避开这样的场合。

过年时,接新娘明明是件喜庆的事儿,可是坐在后面的我，看车窗外银装素裹，不自觉地移情到自己身上。

三年前，闺密们取笑说：这么多人中，小小肯定是最先结婚的，她那么笨，不找个人照顾迟早会把自己弄丢的。她们说的时候，我也信以为真。可是即便如此，她们还是统统猜错，我成了最后待嫁的那个人，非但没把自己搞丢还一个人只身留了下来。

是的，在所有人以为我和他不可能的时候，我们在一起了；在所有人以为我们会在一起时，我们分开了。每次她们在报喜的时候，都想要问些关于我和他的感情走向，可怕我敏感，总是欲言又止。

2

从来不曾一个人舟车劳顿过，一个人生活后这件事几乎是提上日程。前几日看房时，遇见一姑娘，顺便问了问她周围的生活设施以及日常琐事，连问了三个问题，她都表示不知道。这种现象多少令人匪夷所思。可是在回去的路上，突然懂了其中缘由。一个对生活全然不知的女孩背后一定有一个对其照顾得细致入微的人，或是父母或是恋人。

时间往前推，一年多前，我好像也不知道这些生活琐事，坐地铁要有人携着，过马路得有人掖着，哪里知晓生活里的炊烟何况油盐酱醋。可是，你看，现在，坐地铁就得看站牌，过马路就得看指示灯，还必须将自己浸泡在油盐酱醋里。究其缘由，是因为身边没了照看自己的人，所以才步步为营小心翼翼。

如果他还陪在身边，我想自己对生活琐事的了解程度不亚于那个姑娘的临界点。所以，那些对生活一无所知的姑娘有时是令人艳羡的，当然，令人艳羡的不是她对生活的囫囵吞枣，而是她背后那庞大的宠爱。

3

周末的早上，很早醒来，给自己炖了一份银耳羹：冰糖、枸杞、红枣、桂圆，看着它们交融在一起，颜色渐渐浓烈，心情突然像黎明的太阳般美好。写完这篇稿子的半个小时前，给自己煨了冰糖阿胶膏，心情依旧美丽。在失去爱情宠爱的第七百三十天里，我慢慢恢复了元气，获得了重生。

近来，相较年前那段岁月，心境日益平和，如这春日的风，和煦中透着暖。不再义愤填膺似的突然愤怒，不再如文青般地愤世嫉俗，也不再过分地我执。这些生活教会我的箴言，假以时日，终将予我芬芳，爱情抑或梦想。

如卡尔维诺所述："我对任何唾手可得、快速、出自本能、即兴、含混的事物没有信心。我相信缓慢、平和、细水流长的力量，踏实，冷静。我不相信缺乏自律精神，不自我建设，不努力，可以得到个人或集体的解放。"

你以为

你和芸芸众生一样,需要食物、氧气,和水;
需要爱、被爱,和尘世烟火。

1

很多时候,在人群里还是会手足无措,不怎么开口说话,不怎么参与互动,习惯性地坐在角落里看周围人表演,而后在他人即兴的表演里,开怀笑上一会儿。但仅仅只是一会儿,那种巨大的孤独感又会袭来。没有确切缘由。

随着对自己认知的加深,逐渐意识到自己是那种看起来很合群的不合群族群——看起来好像很容易融入群体,可以自嘲、自黑,然而你内心的一种与身俱来的疏离感,不主动联系,不过分热络,大多数时间是沉浸在自己编织的世界里。虽然偶尔也会想要一些热闹,试图改变自我沉浸的景象,可是涉足进去会不由自主地想要逃离。

比同龄人过早领悟了一些事情,对很多事没了评判之心,任其发展,甚至连言语都不想使用时,这大抵是一种彻底的放弃,对事情本身的放弃、对周围环境的放弃、对不属于自己的部分的放弃。

上海的夏天,比北京湿热许多。对空调过敏的人习惯了不去乘凉。那种燥热天气里偶尔的三两声咳嗽与环境显得那么格格不如。有人,突然意识到自己不属于这里。

回想那些看似热闹的日子,似乎是机制情况下的一种迎合。人声鼎沸,我多么担心自己看起来与众不同,于是把自己扔进热闹里一起热闹。那热闹有一种巨大的虚妄,逼仄得令人想哭。

对食物和华服的热爱缩减到人生最淡漠的阶段,对自己的过去匪夷所思。

为何会因为想要取悦一个人而试图穿戴得好看一点儿?

为何会因为一段不明朗的感情患得患失那么久?

为何会因为别人的一点儿议论纷纷而动辄愤怒?

那草木皆兵的敏感和良莠不齐的小小虚荣,何以寄生在皮囊里那么久?

近来日子过得素淡,对窗外事近乎置身事外。

那因人群趋之若鹜的共性逐渐消弭。

我疏离的本性终于得以回归自己。

假寐了一夜的月亮,凌晨五点半。

用相机对焦窗外,便有了黎明。

2

生物钟习惯性地在早餐七点左右醒来,躺在床上发呆。

住在楼上的同事十点多过来拿数据线,一起吃了饭。聊了些许,各自回到各自的生活里。

常年合作的作者从云南寄来鲜花饼,拆开尝了一口,是新鲜的甜。

属于自己的一天,在别人给的甜里缓慢开始。

窝在沙发,和花艺课上认识的新朋友聊天,分享专属于姑娘间的秘密感情和目光所及之处的欢喜,简单而治愈。

和她的认识很偶然,大约是八月份的一个下午,一起乘地铁,相聊甚欢,友谊便从这微不足道的畅聊里逐渐开始。

每次见她,都是素色的棉麻布衣,一顶日式的帽子,干干净净。是自己喜欢的类型,外在简单,内在丰盈。每次上课结束后,我们都会沿着马路聊上很久,从相同的爱好、相近的审美,到喜欢笃定而不张扬的事物,再到喜欢不被时间赶走理想主义的感情。

长大后遇见的人越多，越发喜欢灵魂有趣的人，在他们那里你看得到你想要的美好。

3

窗外的秋逐渐向冬。关好窗子还是听得到风声。

想去楼下摘些叶子回来做些简单花艺，因为怕黑，便舍了这个念头。

想起那日看的电影《黑处有什么》。陷入一阵思考。

黑处有什么呢？

黑处有眼睛看不到的一切。

就像长大后你遇见的一些人。

你不知道每个人经历了什么，又背负着怎样的人生观走向另一个人。

我们逐渐忘记想念一个人、舍不得一个人的感觉，取而代之的是一切随缘。

想起某日空穴来风的哭泣，仅仅是因为听了情感里最为真实的阐述，也着实孩子气。这些年早该明白的真相，却偏偏不愿相信。

你执拗地以为自己和别人不一样，会遇见不一样的爱情和人生。可是命运始终没有给你不一样。你和芸芸众生一样,需要食物、氧气,和水;需要爱、被爱,和尘世烟火。

而你喜欢的素手浣花、寸寸草木,也许终将被生活碾碎。就像身为自己的主人,我们每个人都不知晓自己能保护自己多久,各自带着时代匮乏的安全感,去爱,和恨。

可是不管世界怎样,不管别人怎样,还是希望你经得起盛世流年,满眼清澈与欢喜。

随遇而安

在安逸与艰辛面前,为何总是选择难走的那条道。
可能是别无选择,可能是无法违背自己的意愿。

换了新的工作环境、新的居住地,甚至换了身边的人,一切似乎都是陌生的,可也仅仅只是陌生。不知从什么时候起,对别离不再伤春悲秋;对聚散也不再怅然若失。好像开始懂得,一切都是冥冥之中,缘来需惜之,缘去需安之。

很久,没有你的消息,那又怎样。我知道或不知道,不过都是各自安好地在各自的世界里过活。你终究会有自己的归属,而我也会陪在另一个人身边。

曾以为失去爱情会无比难过,难过是真的,还是活得生猛。虽然偶尔想起,会一阵心酸,会遗憾陪自己到最后的那个人为何不是你,会困惑到底要遭遇多少别离才能白首不离。可到底也只是心酸。心酸到最后,就连难过都会变得麻木不仁。

失去爱情的日子,会着急,到底要多久才能遇见他,遇见爱情。就这样一边抱怨一边一个人地生活,直至最后习惯一个人。

在接踵而至的是非面前，学会了三缄其口；在摩肩接踵的人群里，懂得了笑而不语。好像一切都无所谓，也有所畏。兵来将挡，水来土掩，概莫如是。

小时候，喜欢制订计划表，习惯在前一天晚上规划好次日行程及活动，可是规划来规划去无外乎是学习、看书、吃饭、睡觉。许是因着少不更事，不知光阴珍贵，故而日复一日在重复的规划中度过。长大后，反而随性许多，很少去做具体而详细的规划，只是但凡想做的事就一定会坚定地做下去。

有人曾问，在安逸与艰辛面前，为何总是选择难走的那条道。其实，我也不知道，可能是别无选择，可能是无法违背自己的意愿，也可能是不愿意委屈自己。但无论哪一种都不过是希冀人生足够丰满。

从来不曾觉得人生艰难，只是近来时常会在夜深人静时感到心力交瘁。在一件又一件的事端面前，从心急如焚到波澜不惊，需要经历多少沧海桑田，才能如此谈笑风生地裹挟内心的躁动不已。

前几日，一个人拖着病乏的身体去看房，看到最后有种欲哭无泪的冲动。打电话给朋友，似乎要把最近所遭遇的委屈全部发泄出去。而之后，又生猛地将自己投进生活的洪流里，假装什么也不曾发生。

每个选择路口,都有人告诫我,前路漫漫,险象丛生,可我总是会幻想花香满载。关于未来,机遇与风险向来并存,而自己唯一能做的似乎也只有虔诚以对,随遇而安。

二十几岁

人一旦遭遇伤害就容易变得破碎,甚至成为另一个人。

1

风在摇它的叶子,
草在结它的种子,
我们站着,不说话,
就十分美好。

时常在某个落日街头幻想这样一幅场景,回忆起几年前的北京,天空飘着大朵大朵的云,像棉絮一样轻软,我们坐在操场嬉笑,为前女友和前男友的故事耿耿于怀。

那个时候会逃课,会在学校附近的网吧过夜,会在黑暗的树林里接吻。

会在被窝里写情书,会在路边的电话亭打电话。

最喜欢去学校附近的贴吧拍大头贴,看你好看的侧脸。

最喜欢坐校园的单车,从你那里到我这里,一圈又一圈。

最开心的事是生气时悄悄躲起来,看你满世界找自己时的心切。

偶尔去食堂附近的"秋千吧",在日记簿上写一些只言片语。

写的什么,全然不记得,那潦草的日语单词里,仅认得"彼女"二字。

有时,去学校的图书馆,你看你的书,我写我的字,我们谁也不理谁。

也有时,漫无目的地坐公交,听同一首歌,从郊区到市区,任阳光洒在身上。

光阴由浓渐疏,这样的岁月单是回忆起来就很美好,虽然它再也没发生过。

后来有很长很长一段时间,我们各自把自己弄丢了。

我们像没见过世面的孩子,一下子贪婪很多,想要爱想要生活还想要一蹴而就。

然而,现实并没有充分满足。

再后来,现实非但没有给予更多,还拿走了原本可能属于自己的一部分。

我们又一次像没见过世面的孩子,试图竭尽全力拼命挽回,然而于事无补。

那是我第一次知道原来你会被人伤害被生活伤害被

任何看起来微不足道的情感伤害。人一旦遭遇伤害就容易变得破碎,甚至成为另一个人。

2

那时年少,她总以为二十几岁是很老很老的年龄,计划起未来也是没心没肺。以为那个时候的自己会事业有成,家庭美满,甚至有一双儿女。而今时间推移,快要结束二十几岁的岁月,曾计划要在这个年龄段做的事几乎全部落空。

她像个晚熟的人,意识到危机。

逐渐放下骄傲的自尊,去做一些不那么心甘情愿去做的事,譬如谋生。

也逐渐意识到爱情的背面原来不止是太阳还有月亮,譬如谋爱。

一个从小在庇护环境里长大的人突然接触到复杂的外界,她带着所有纯真的鲁莽准备与社会做朋友,难免不触碰玄关,因为不懂交际规则,不懂体面地修饰自己,她看上去不那么有用,她第一次知道原来人与人之间的交往需要附属一部分隐形的价值。

她试着小心翼翼去维系一些感情,和很多人做朋友,然而那样做的结果徒增了许多疲惫。所以,她决定不去过分改造自己:"管他成熟不成熟,这些内向、孩子气、幼稚、不会应酬、要被保护,也许终生我身上走开,But,who care!"

一个人一旦慢慢恢复了自己的个性,他就慢慢成就了自己。

那些因他人评价而急于改变所带来的格格不入感慢慢消弭。

这样的她,随心而欲,但又逆流而上。

3

天气有点儿暧昧,午后的办公室里滋生出些许慵懒。

快要垂到腰际的发蓬松凌乱在背部,唯愿时光轻放,不被扰。

偶尔被一些间歇性的莫名的情绪困扰,也并不想理。

好像忙碌的日子里需要这种间或性的无所事事。

喜欢上花艺,喜欢上手作,喜欢上很多美而无用的小事情。

如若生活成全,希望岁月里尽是它们好看模样。

三月底买了本东巴纸做的本子,线装、絮状的纹理,采集了一些干花,待收集完三十三种花,写完三十三个故事,就把这个礼物送给自己。

一切都会在某个时间点戛然而止,或是突然的或是刻意的。

我那不定性的好奇心、求知欲,甚至对生活的美好憧憬也会。

不念

不过是偶尔需要人陪,何必捎上终生。

那大抵是一种与身俱来的气质,容易悲伤,但又生性乐观。

因不能再爱而受的痛苦,早已免疫。

而因夜不能眠的困扰,曲高和寡了一宿。

听闻为时已过的风,暗自在心底染一寸柔软,唯愿快乐。

可能是不再年轻的缘故,已经不太明白花哨的爱情。

它是十里的风和月,还是四季的春和秋?

我用成人的视角试图打量明白,但并未觉察出究竟。

长大后的感情,来和去,都迅速很多。

可以很快喜欢上一个人,也可以很快忘记一个人。

但爱,并不容易。

也许,会一直错过,各种错过。

可是,那又怎样?

如若不能遇见一段适合自己的感情,

两个人未必比一个人快乐。

不过是偶尔需要人陪，
何必捎上终生。
可能是逐渐习惯了这样，
对于节日里的狂欢并不会觉得触情生情，
他人可以给的幸福，
自己也可以给自己。

早年不谙世事，渴望英雄主义，对于旋转木马等游戏嗤之以鼻。

可是此刻，竟会贪恋，却又舍不得和任何人度过，总担心有人破坏了这美好念想。

空城

在这座城市弄丢很多东西,有时是一件具象的物品,有时是一瞬间对他人的恩慈,也有时是自己对自己的诚实。

五月的天,偶尔燥热,偶尔欢凉,像极了情绪还在漂浮的人。

囿于格子间的人,和路上的车水马龙成了这座城市的主要缩影。

四年,比起一辈子,实在很短,而比起二十几年,却占了很长一段。

很多世界观在这里形成,也有很多世界观在这里破碎。从对世界一无所知到拖着自己所看见的世界去经历世界,一直在路上也一直在不断告别。告别了熟悉的故乡。告别了相交多年的朋友。也告别了所有故事里的爱而不能和得未曾有。

时常在等公交时想起很多片段似的过往,有时是一个背影,有时是一句话,也有时是一段空白。所以时常在这样的放空里错过等待许久的末班车。不引以为戒还乐此不彼。

在这座城市弄丢很多东西,有时是一件具象的物品，有时是一瞬间对他人的恩慈，也有时是自己对自己的诚实。不断地得到，也不断地失去；一直在生活，也一直被生活着。这样的自己，我并不满意。

那是一个清晨醒来，阳光斜射在床榻上，我望着窗子外的小世界，离开的念头腾然升起。

有人说，如果一座城举目望去没有你熟稔的亲人或朋友，那么这座城于你而言没有灵魂。

是的，空无一物。

是时候离开。

离别尚未开始，许多杂陈的情绪便涌了上来。没有想象中难过，但也确是复杂。

你感觉到自己像这座城的边缘人，随时可以离去。

而你以为会发生的故事，会有的不舍全都一一沉寂。

过去的那些自我怜惜和自我感动也在成长面前变得苍白无力。

我们终究以自己的方式美好起来。

欢喜

这人间欢喜俯首比比皆是，
每人所能俘获的也不过二三。

随了自己这么多年的我执，在2014年几件事情的轮番影响下，终得圆满地长成自己的模样，还是有棱有角，只是不再肆意挥霍。很多人突然生离了，很多事也突然云淡风轻了。你念念不忘的终得遗忘，你执迷不悔的也终得告别。

我画地为牢，将自己圈进去，给自己定下条条框框，以为那样便能无风无雨，殊不知还是会一不小心沾染上戾气。因着自己的随性，太过不愿委屈自己，所以近乎抗拒似的拒绝长大。所以我看着他人的成长，像个事不关己的路人，在那些热闹的喧嚣里，将dream蛰伏将feeling收敛。可是经历了这么多，想给自己一个交代，想成全一下自己，想看一看自己有多少可能。于我而言，这是一座空城，可我还是留了下来。因为失无所失，所以此后的每一天都是得到。

早年时会因为感情伤害自己，会因为工作不寝不食，会因为他人一句无心之话就玻璃心了许久。对外界的渴望大过对自己的探索，对他人的关注大过对自己的重视，虚荣、敏感、脆弱躲藏在皮囊之下，为虎作伥。而此刻它们都纷纷地淡了出去。还是会为很多事伤感，只是不再为难自己。

　　第一次因为工作深夜回家时会矫情地希望有人在等，第一次生病早期去医院时会矫情地希望有人能陪，第一次受了点委屈时会矫情地希望有人安慰。后来，一个人深夜回家，一个人去医院看病，一个人默默消化心事，次数多了便消了矫情的念头。尽管也曾想赖着一个人，天长地久。

　　好像开始明白，这人间欢喜俯首比比皆是，每人所能俘获的也不过二三。站在任何角度窥视，都各有其长短。

克制

懂事以后，人送给自己的最好礼物是克制。
克制让自己过分悲伤，克制让自己过分喜乐。
克制让一切不圆满在适当的时候变得圆满。

打开电脑，清理文件，分门别类为自己建了很多文件夹，有写的字、策划的书、染的草木、做的花艺、走过的路、看过的风景。截图给朋友看，朋友说，少了点儿什么。我说，什么呢。朋友说，暖的爱情和旅行。

我停下来，想了片刻，为自己建了个文件夹——留白。

是的，留白。

在这个叫留白的文件夹里，不知晓会盛放些什么，可能是朋友说的爱情和旅行，也可能只是一片留白。

犹如自己的未来，也许花枝满压，也许空无一物。

懂事以后，人送给自己的最好礼物是克制。

克制让自己过分悲伤，克制让自己过分喜乐。

克制让一切不圆满在适当的时候变得圆满。

就像付诸半个青春也未能结果的感情，我们懂得适可而止。

伴随克制而习得的是隐忍。

隐忍不擅长的琐碎关系，隐忍逼仄的环境，隐忍身体不适带来的疼痛，隐忍一切自己想摆脱但又囿于种种而无能为力的枷锁。

偶尔听闻只言片语，会有一种欲言又止的悲伤，就像长大后每个人都在寻觅却始终不得要领的爱情。它不在时，人们四处寻找；而它在时，又四处求证。

每个人都背负着自己的过去走向另一个人，将过去的疼加注在新人身上，也将感情一点点拆分。

那些象牙塔似的爱情，并不容易遇见。每个人都在保护自己将伤害阈值减少到最小，即便身陷爱情。也许我们一直有一种错误的爱情观：爱情发生时，无所顾忌。但现实里我们遇见的爱情，它有着各种保护色。

2

一个人在十字路口走了很久，怎么也找不到来时的路。

于是沿着影子一直走，一直走，突然就找到了路，且是回家的路。

独立生活的这些年，一个人慢慢学会很多事，但是记路这件事一直学不会。所以，迷路近乎成为我生活的一部分，它随时随地可以发生，有时在陌生的地方有时在熟悉的地方，有时在黎明有时在深夜。

时常在过马路的时候，感到莫名恐慌，早一秒晚一秒总拿捏不好。

而很多记忆的碎片总在迷路时间歇性地放映。

记忆里有很多大手牵小手的片段。最深刻的是有年冬日，你在医院，我哭着过马路，眼睫结满冰，一个人从一个地方走到另一个地方，没有迷路。那是我为数不多的一次清醒，无人庇护。

再后来，无人庇护成了一种常态，迷路也成了一种惯性。

起初，会感到孤独，会顾影自怜，会渴望左手边有人陪着走。

而后来，渐渐地喜欢上这种状态。

一个人行走。一个人观影。一个人迷路。

那种漫无目的的迷路令人迷恋，似乎风吹动发梢，转角就会遇见爱。

到生活里去

人在思想不成熟时会囿于自我偏见排斥一些自以为对自己不好的东西,譬如复杂、理性,和现实。

夜深人静时人容易变得比白日感性,所有白日里披肩遁甲的模样都在深夜里变得柔软。近来总舍不得在一天结束之时入睡,会用各种办法拖延一日的结束,有时是浏览信息,有时是写东西,也有时看一些与自己兴趣爱好毫不相关的投资节目。说不上对最近的自己完全满意,但总体而言接纳许多。

在这座生活了一年多的城市,时常封闭心扉,和很多人保持着不远不近的距离。这大抵是传说中的性格"孤僻"。但自己却越来越喜欢这种"离群索居"。一人欢喜,偶有同行,足矣。

上海的确和北京很是不同,无论是做人还是做事,都多了很多不同。我在这些不同里求同存异,偶有岔路口,一个人进行自我救赎。

小时候总喜欢向外探索,探索他人的内心、探索世界的样子,一副无知无畏的肆意妄为模样,在青春里把弯路走尽。而这一切,无非是仰仗背后有人依靠,犯起错来不用自己承担。而其实，所有年轻时犯的错到最后都要自己自负盈亏。譬如，承担没有好好学习的后果，承担在感情里孤注一掷的曲终人散，承担在生活扑面而来时的慌乱无措。一件件，凡是你不曾经历的，到最后都要以身试则。

第一次知道无常意味着什么，是在距离他人事故最近的两年前。第一次知道职场潜规则，是在来上海的第三个月。第一次知道所谓朋友之间或简单或复杂的关系，是在最近。

这些你不想知道且也不想体验的第一次，有时是你自己主动去碰触的，有时是它们找上你。但无论哪种，都要自负盈亏。我始终以为成长无所谓胜负，不过是吃一堑长一智的经验教训。所以舍了赔了，都可以很快忘了。但如若忘不了的，可能也有它存在的道理。

有人在十五岁的时候计划未来想要的人生，有人在十八岁的时候寻觅适合结婚的人，有人在二十三岁时结婚生子。可是这段时期的自己什么都不明白。如果人生的幸福需要用事业有成、家庭幸福来圆满，那么此刻的自己已经输掉一半。可见，一个人如果在年轻的时候过分随性，不去约束自己，那么她后面的人生并不是众人眼中的人生赢家。

况且，人在思想不成熟时会囿于自我偏见排斥一些自以为对自己不好的东西，譬如复杂、理性，和现实。早年的自己总觉得这些东西很糟糕，它们不应该成为自己的一部分。可是一个人她只要到生活里去，这些名词就无处不在。

昨日和丽丽安聊天，聊到感情。可能是对自我反省得太过诚实，所以心思完全不在这上面。这大抵是自己活得极为自我的半年，从感情里抽离出来，完完全全成全了自己。回头看那些无疾而终的感情，自有其离散的原因。

一个人她在自己尚未能够定型的情况下，并不知道自己想要什么样的爱情和婚姻。如果说十八岁是浪漫就好，那么二十三岁是有足够的担当，而此刻呢，自己也不知道。年幼时因着没有太多底气，对握在手心的东西总是患得患失，而此刻好像什么也无所谓。所谓但凡缘分使然的，必定相遇。错过的、未能在一起的，也真的不适合。

所以，就这样吧，以自己的速度不疾不缓地行走，将人生想做的事一一去实现，即便没有功德圆满，但也一定知足丰盈。

我欢

去爱,或恨,去生活,或以喜欢的方式过一生,可以一叶知秋,也可以落英缤纷。

1. 随缘

可能是不再年轻的缘故,对很多事没了执念。

会分手的爱情、会离去的朋友,甚至努力了也一无所获的人生。

一切都可随风而逝。

随风,而逝。

执念使人痛苦,而没有执念使人虚无。

你看一花一果、一山一水的视角,似乎比从前通透,与此同时,也更能窥伺其本质。人一旦觉察了真相,总是容易伤感的,尤其是美好的事物的真相。因为喜欢开心的感觉,所以多数时候不与自己为敌,愿意相信一切都真如懵懂时那般干净。干净的风、干净的云、干净的一切游戏规则。

朋友说,缘在天定,分在人为。

话是如此,可我还是相信命的。

相信命中注定，相信一见钟情，相信可遇而不可求，相信偶然唾手可得的好运气。

我过分单薄的身躯容不下太重的得失心，所以很多时候不会幻想太多遥不可及的东西，譬如，一件事的成败、一个人对另一个的全心全意。尽管我曾无比渴望拥有它们。

小时候，堂姐从上海带了一件好看的披肩，送我。最终由于尺寸小而转手送了堂妹。那种看着自己喜欢且即将属于自己的东西，因为种种不可控因子而失去的感觉是糟糕的。

再后来，喜欢上一个男生，很喜欢很喜欢的那种，喜欢到后来再也没有那样喜欢过别人，可那又怎样呢，到最后还是分开了，分开的原因不是不喜欢了而是没有办法一起走下去了。所以，那种说好了永远会好下去的感情，我是不信的。对于天性悲观的乐观主义者来说，为了不使自己失落，从一开始便驯化自己对任何事不抱希望。而当结局突然变好时，那种豁然开朗的心情美妙极了。

我有时会沉不住气，会想把好的故事分享给他人；也有时会因为孤单，和很多人相拥取暖。可是，最终发现，最舒服的状态是随缘，不惹眼不闹腾也不过分勉强自己。

2.简爱

和朋友聊过很多未来的模样,五光十色的,令人迷醉,而自己迷恋的自始至终只有一种:以自己喜欢的方式过一生。

这是一种纯粹的理想主义,并不容易实现,尤其是心有藩篱之人。

我偶尔会后悔,为什么早些年不去思考生活的意义,而醉心于儿女情长与自己不切实际的小情绪。不过等自己明白时,还好有岁月可供回头。

喜欢文字,便为他人做了三年嫁纱,这种喜欢在琐碎里逐渐有了自己清晰的轮廓。由最初的全盘接受到最后的部分拒绝甚至有朝一日的彻底离弃。这种蜕变的过程令人欢喜,它让人不再故步自封。

原本生性寡淡,对很多事并不感兴趣。可是近来,对生活的热爱,像是被重新燃起。会想去未知世界窥看另一种可能,会想要了解世界上另一个充满各种可能的自己。

然而,即便如此,还是不能将自己完全融入群体。但却喜欢上人群里喧哗背后的寂静。寂静里有生而为人的孤独。

自始至终都弄不明白自己的个性，可以跟很多人为欢，也可以一个人自得其乐。

远或近，得或失，都向来随缘，也习惯了不闻不问。

去爱，或恨，

去生活，或以喜欢的方式过一生，

可以一叶知秋，也可以落英缤纷。

我喜欢就好。

生活与禅

这是我的二十几岁,没有成为父母或朋友期待的样子,离经叛道走了一条还算喜欢的路。

天,突然就凉了。入秋的衣服还没备齐。
因为玻璃不隔音的缘故,睡眠较之前浅了许多。
起床,喝一杯凉白开,敲下这些文字。
这是我在上海过的第二个秋,很快就要入冬。
而窗户外的绿依然盎然,像夏天也像春天。

1. 城市

梭罗说:"人只有在举目无亲的远方才能真诚地活着。"

所以,我来到这里。和过去一切断了联系。

人,尤其是未曾经历过生活的人在断、舍、离面前总是匮乏勇气的。

我,也不例外。

可是,一辈子那么长,总要去尝试些什么,才能知道自己适合什么,不适合什么。

而事实证明这是个正确的选择。

迄今为止，我对这座生活了一年的城市并不熟悉，但却变得容易快乐。有时只是走在梧桐铺满的小巷就会给自己带来无法形容的喜悦，仿佛获得新生。

2.房子

九月的时候结束了和室友合租的日子，一个人搬到桂林路这边。

相较于之前的居住地段，这里寂静许多，深夜回家的路总是很宽。

房子不大，六十平方米，宜家式的布置，简单而温馨。

虽与理想中的房子有所差距，但整体上是自己喜欢的样子。

这是自己毕业三年以来第一次认真思考生活的意义。大多数时候我都随波逐流地过着自己不厌烦但也不那么喜欢的生活。因为害怕一个人面对所有，所以盲从地在盛装打扮的人群中招摇过市。对生活不曾太过用心，一切都是将就的样子。

毕业后，辗转了很多地方，租了很多套房子，却从未想过房子到底是什么，只是觉得需要在这座城市有个容身之处，并未想过在这所房子里如何度过每一天。

伍尔夫说，女人要写小说，必须有一间喜欢的房间。

很早就听说过这句话，然而对生活觉醒较晚的自己并不能完全明白这句话的意义。直到有一天，心情异常悲恸的自己在这座城市找不到一个地方放声哭泣，方才认真思考房子之于自己的意义。它不应该只是寄存身体和物品的场所，还应该是分享旅居者喜怒哀乐的"家"。它可以不大，但一定是只属于你的。开心时，可以穿上红舞鞋跳一支不那么优雅的舞；难过时，可以在房间的任何一个角落哭泣。你不用担心自己的喜怒哀乐会打扰到任何人，也不用担心自己的脆弱被他人一览无余。你不用去刻意隐藏你的孩子气，也不用披肩遁甲保护自己。在那里，你是安全的，聪明或是笨拙。

3.生活

为了让自己变成他人喜欢的样子，成长里有很多次辗转腾挪。

十八岁的人理解不了二十几岁的困惑，二十几岁的人理解不了三十几岁的现实。人总是因为自己的局限而不能理解局限以外的事物。

二十三岁时，固执地以为自己会留在北京，和喜欢的人结婚生子。然而，故事的结局常常不合乎情理。它使人明白世事无常，也使人从此对感情心有藩篱。

分离总是好的，它使人热泪盈眶地触碰生活，了解爱情；也使人明白，你会遇见很多爱情，遭遇很多生活，没有对错，只有适合不适合。就像圆有多少半径，便有多少种生活方式。没有哪种生活方式，值得我们去盲从，无论它看上去多么正确而富有借鉴意义。今天被默认为正确的真理，到明天也许就会被证明是谬误。有些前人说不能去做的事，结果你尝试后发现你是可以去做的。

所以，没有任何一种生活方式可以被视为圣经，它向我们展示经验和教训，让我们每个人清醒地发现和追求自己的生活方式，而后跟随自己内心真实的想法和感受，成为与众不同或独立自主的人。

4.花与禅

"纯洁是一种微不足道的东西，普通人很快就弄丢了这种东西，上等人则小心翼翼地保留了它。"长期的离群索居使自己身上的社会属性逐渐钝化，与此同时也丢失一些与生俱来的特质。与人接触越多,越偏爱纯洁带给人的美好感觉,可能是静默入谜的万物,也可能是不可触摸的、难以形容的早晨和黄昏。

昨日大风,一个人出去散步,捡回一些花儿,静置于桌上方才发现是自己喜欢的紫薇。那种不期而遇的欢喜,让周围凝固的空气变得微妙,甜而不腻。

将它们洗好放置在新添置的器皿中,对焦,定格在相机里。时光在按下快门的瞬间,变得柔软。

也许,这将是自己来日的渴望:有简朴生活的爱好和丰富的心灵,不争,也有自己的世界。

英国诗人兰德说:"我和谁都不争和谁争我都不屑。我爱大自然,其次就是艺术;我双手烤着,生命之火取暖;火萎了,我也准备走了。"

这是我梦寐以求的宿命。有同路人则一起起舞,无则一人狂欢。

5.无艺之艺

去年冬天,朋友送了些许花束,留下来做成了干花。将其用旧报纸和花绳扎起来,成为室内片隅的风景。比起昙花一现的即逝美,枯枝落叶的萧瑟似乎更为动人。

自接触花艺与扎染之后,生活态度发生很多变化,越发喜欢把时间浪费在美好的事物上。喜欢去花市漫无目的地晃荡;喜欢看花汁在帕子上晕染;喜欢植物的悲悯与草木心;喜欢慢慢虚度时光。一个人或两个人。

每每与草木四目相视时,我放开自己,把自己和自己的一切断然抛弃,直至一无所有,只剩下一种不刻意的张力。那时的它们已经不仅仅是实用或纯粹的欣赏娱乐,在某种程度上锻炼了心智,使心智接触到最终极的事实。

6.如来

这是我的二十几岁,没有成为父母或朋友期待的样子,离经叛道走了一条还算喜欢的路。不知道未来会发生什么,自己会过得怎样,有没有遇见好的爱情,过上喜欢的生活,却偏执地相信一切会好。

如梭罗在《瓦尔登湖》里所述:让我们如大自然悠然地生活一天吧,让我们该起床就赶紧起床,该休息时就安心休息,保持安宁而没有烦扰的心态,身边的人要来就让他来,要去就让他去,让钟声回荡,让孩子哭喊,下定决心过好每一天。

这些稿子辗转了很多人之手，最终还是交了出去。这或许不是最好的结局，但是时候告一段落。

它们代表了我偏执的二十几岁，满身盔甲，落于尘世烟火，遗忘爱情，遗忘梦想。说不上圆满，但却是自然而然。

2012年，去北京。

2013年，离开北京。

2014年，重新回到北京。

2015年，再次离开北京。

2016年，来到上海。

四年，说来就来，说走就走。

去得义无反顾，走得了无牵挂。

虽然居无定所，时常被扑面而来的生活碾压，但值得庆幸的是没有成为自己讨厌的人。

在情感面前，还可以理直气壮地等。

在梦想面前，还可以泾渭分明地取舍。

在生活面前，还可以以我手养我心。

很多个日夜被失眠笼罩，思虑的事情多过年龄本身该有的简单。有时，人一旦经历了生离，便会瞬间长大。那些不能与他人言语的秘密成了深夜的故事。一身偏执，倔强不屈。有着青春的原始模样，叛逆而自我，明亮而刺眼。

我随着它成长，把该犯的错一一犯了，并未试图纠正什么，甚至自我放弃。去放纵自己经历不那么美好的芜杂感情，去捕捞小时候搁浅的欢喜，六月注册 warming room，七月学习花道，九月学习草木染，十一月报了日语班，而今重新写文。那大学和毕业后与世隔绝的荒废，在一个人生活后逐渐找补回来。

一年多，漫长得像一个世纪，不符合自己调性的隐忍而坚持。可能是等一次转身，清空所有，重头来过。

在这一年多里，你从高处跌落，去人间领悟生而为人的不易，也体会到知足常乐。

那乘不上地铁会哭的性格逐渐适应了钢筋水泥的格子间，在穿梭中，看人来人往，面无表情。

我偶尔会想，那会不会是自己以后的人生？只有生活没有清欢。

或许，人一旦开始明白自我是什么的时候，就不再容易得到平凡的幸福。

很多次想要放弃，但还是感谢一路上帮我捡起信仰的人。